Walter Volbehr

Uns Heimat un Tohuus

Geschichten un Vertelln

HUSUM DRUCK- UND VERLAGSGESELLSCHAFT
HUSUM

Umschlagfoto: Barbara Marquardt, Husum

CIP-Kurztitelaufnahme der Deutschen Bibliothek

Volbehr, Walter:
(Sammlung)
Uns Heimat un Tohuus : Geschichten un Vertelln /
Walter Volbehr. – Husum : Husum Druck- und Verlags-
ges., 1979.
ISBN 3-88042-080-7

Satz: Fotosatz Husum GmbH
Druck und Verarbeitung: Husum Druck- und Verlagsgesellschaft
Postfach 1480, 2250 Husum

ISBN 3-88042-080-7

Opgav

Dat stah bi di:
Du büst een Lidd!
Vör di staht anner Leeden.
Achter di kamt welk.

Du büst nich du
för di alleen!
Dien Doon is Deel
von allns wat schüht.

Du schasst drägen,
Du schasst wiedergeven
wat bi di steiht, -
as de Ked verlangt.

Uns Heimat un Tohuus

‚Plup, plup', sä de Motor. Denn stunn he still.

„So 'n Schiet", gnarr Korl Möller. „Benzin all, – merden op de Landstrat!" He kladder ut sienen Wagen, keek na den Tank. „Keen Drüppen mehr binnen!"

En Trecker röter von de Koppel dal, bög de Landstrat in na Dörp to. Buer Peter Reimers höl an.

„Goden Dag! – Na, is wat mit den Wagen?"

„Goden Dag", anter Korl un keek na den Buern. De stunn in beste Jahren. Geruhig un fründlich wies sik de Mann. „Nee, mit den Wagen is nix. – Keen Benzin."

„Do harrst du vörher na kieken mußt."

„Tschä", geev Möller trüch – halv vergnögt un doch wat argerlich. „Mien Söhn hett mal wedder stillwies sien Tour makt mit den Wagen. Do müß ik op Reservetank schalten. Nu kam ik liekers nich bet na de nächst Tankstell."

„Hest 'n Reep dar? Bet in 't Dörp bring ik di rin. Dar warrt sik 'n paar Liter Benzin finnen."

Buer Reimers slep mit sienen Trecker dat Auto to Dörp. Vör sienen Hoff höl he an. Güntsiet von de Strat, op den Scholplatz, weern jüst all de Kinner togangen. För de geev dat wat to kieken. Glieks weern se bi dat Auto rüm un snakken klok.

De Scholmeister keem ok ran.

„Hallo, Möller!" So röp he un böd em de Hand.

Korl Möller slög in. Verwunnert keek de Buer.

„Ji kennt ju sachts nich? Dat is Möller, Redakteur von 't Buernblatt. Wi drapt uns af un an, wenn Versammeln is bi 'n Heimatbund in de Kreisstadt."

„So?" sä de Buer. „Denn mütt wi sachts duppelt gern helpen. – Wi hebbt uns noch nich kennen lehrt. Aver dien Artikel in 't Blatt, de lees ik jümmer."

So keemen de Dree bi to vertellen.

Een von de Scholjungs müß fix na 'n Hoff röverlopen un sik den Reservekanister mit Benzin geven laten von den Buern sien Lüd.

Se snacken von dat un düt, von de Ornt, von 't Weder, von Priesen un Stüern.

Biwegs meent de Schrieverbaas: „Se ehr Plattdütsch hett 'n

annern Klang as uns Holsteener Platt. – Se sünd hier nich grot worrn?"

„Kannst dat ruthören?" frag de Buer. „Ne, ik bün in Pammin in Pommern to Welt kamen. As teinjöhrige Jung keem ik mit mien Moder hier in 't Dörp mit en Treck."

„Un nu en eegen Hoff?"

„Ja, dat hett sik so geven in de Tiet."

De Scholmeister verklar dat den Schrieverbaas. Fröher harr de Hoffstäd den Buern Harms tohört. Den sien Söhn weer nich wedderkamen ut Rußland. As Harms olt würd, harr he den Hoff verköfft.

„Un got inlevt?"

„Klar!" Mehr sä he nich, de Buer.

Nu vertellt de Scholmeister von de Notjahrn na den Krieg. Von hüt bet morgen weern dubbelt so veel Lüd in 't Dörp as vördem. In de erst Tiet harr vellicht de een mal den annern trüchhollern beluert. Aver dat wahr nich lang. All harrn den Krieg achter sik. All greepen to, wo dat Arbeit geev. Een harr den annern holpen.

De Schrieverbaas wull gern mehr weten to jüst düt Thema. He meen, do kunn vellicht en Bericht von makt warrn för dat Buernblatt. He frag ok, wat dat nu twee Lagers geev in 't Dörp, – de Olen un de Niegen.

„Ne", sä Reimers, „dat gifft nich mehr."

De Scholmeister lach un wies över dat Schöv Jungs un Deers, dat jümmer noch bi ehr rüm stunn. „Hier hest du dat Bild von uns Dörp! – Kannst du rutfinnen, wokeen sien Vader un Grotvader hier in 't Dörp baren sünd oder nich? Ne, dat kannst du nich. De hört all tohoop un sünd ok garnix anners wennt!"

„Ja", besunn sik Korl Möller, „von nedderdütsche Art sünd wi all, eendoont, wat de een von Pommern, Ostpreußen oder Mecklenborg keem, oder he is hier al grot worrn. Do kunn dat Vertruen lichter wassen."

„Is so", nickköpp Buer Reimers un stopp sik frisch de Piep.

Ok Scholmeister Kröger plicht em bi. „Wenn ik mien Kinner Scholstünn geev över Heimat un Kultur, denn vertell ik nich blots von Sleswig-Holsteen, nee, denn hört dat Kulturgot von Memel bet Rostock mit to. –So seht wi dat ok bi uns in 'n Heimtbund."

Buer Reimers dacht en lütten Stot na över düsse Wörd. Denn sä he: „Ja, dat mutt een de Sleswig-Holsteener gotschrieven. Se hebbt sik nich afslaten vör uns. Wi kunnen tohoop wassen."

Den Buern sien Söhn bröch nu Benzin un göt em in den Tank.

As de Dree sik adjüs sän, keek Buer Reimers noch eenmal rundüm över all de Hüs un Schünen, över de groten un lütten Buerstellen. He sä bedächtig: „Dat schriev man mal in't Blatt: Wi hebbt een ole un een niege Heimat. Aver hier, – hier sünd wi nu tohuus!"

Geschichten ut de Heimat

Ohn Paß un Visum fahrt Dänen un Sleswig-Holsteener hüt bi Krusau un annerswo över de Grenz. Se gevt een Bispeel för fründliche Naverschop, de wassen kunn bi gode Willen von beide Sieden. – Wo lang un swar de Weg weer von domals bet hüt, dat wiest uns männich Stremel ut de Geschichte von uns Heimat:

Leutnant Werner Siemens

De Klenner wiest dat Jahr 1848. Mit de Politik süht dat schrag ut. Jede Dag kann de Krieg losgahn von de Sleswig-Holsteener gegen de Dänen. Un de Preußen hebbt ehr Hannen al in 't Speel.

Professor Himly von de Kieler Universität sitt in sien Studeerstuv von sien Villa in Düsternbrook. Böker mit chemische Formeln liggt op den Disch. För sien Kollegs, do präpareert he sik jümmer got. Aver nu geiht sien Blick to dat Finster rut över den Kieler Haben. Sien Fruu is bi em rüm, heel bangerhaftig. Se lett den Mann nich to sien Arbeit kamen.

,,Wenn dat Krieg gifft, – bedenk di dat! Kamt de dänischen Kriegsscheep na Kiel un bombardeert de Stadt, denn is uns Huus in grot Gefahr. Dat müß mit 'n Wunner togahn, wenn nich de allererste Kugel bi uns insleit!"

,,Na, man nich glieks den Kopp verleeren, Mathilde. So wiet is dat noch nich!" So beruhigt de Professor sien Fru. Aver bi sik meent he, sien Fruu hett Recht.

Jümmer wenn Mathilde Himly Sorgen oder Angst hett, schrifft se an ehrn Broder. So is dat al von Kinnertiet her. De Broder mutt ehr helpen. Nu sitt se an ehrn lütten Schrievdisch. Abends geiht de Breef al af.

,An den Leutnant der Artillerie Werner Siemens, Berlin.'

Dat is de Broder.

As Werner Siemens den Breef von de Süster lest, steiht dat Besinnen an de Kinnertiet vör em op. Wo faken hett he ehr al helpen mußt bi düt un dat. Man, wat kann he vondag för sien Süster doon, de bang is vör den Krieg un de Angst hett vör de Kanonade vun dänische Kriegsscheep?

Leutnant Werner Siemens geiht op un dal in sien Stuv. Sien Gedanken loopt üm. Denn kümmt em een fixe Idee: De Kieler Haben mutt afsparrt warrn, so, dat keen frömde Kriegsschipp habenin fahren kann. Un Leutnant Siemens süht ok den Weg: De Elektrizität mutt helpen! Do versteiht he wat von. Elektrizität, dat is sien Rebeet. Von Laboe bet Friedrichsort mütt Minen leggt warrn ünner dat Water, de von Land ut mit elektrischen Strom hochjagt warrt, wenn dänische Scheep överweg fahrt!

Jüst Werner Siemens kann sik mit so wat befaten. Annerlest hett he siene Erfindung makt för Kupperleitungen, de mit Guttapercha isoleert sünd. So 'n Art Dröhd künnt ok ünner Water verleggt warrn.

He bedcnkt sik allns, de Leutnant Werner Siemens. Denn schrifft he an sienen Swager Professor Himly in Kiel. Ok an den Generalstab gifft he enen Bericht.

Professor Himly lest den Breef von sienen Swager in Berlin. He kümmt rein ut Spor, – vergitt meist sien Formeln för Chemie. Nu interesseert he sik för elektrischen Strom un för Kupperdraht, de gegen Water isoleert is. Annern Morgen geiht he mit Werner Siemens sienen Breef na de ‚Verteidigungskommission' in Kiel. De Major is skeptisch.

„Warrt so wat klappen, Herr Professor? – Ik meen, kann man wahrhaftig mit den niegen elektrischen Strom dörch lange Dröhd dat Pulver hochjagen? – Man weet doch noch verdammt wenig von düssen elektrischen Strom." Verlegen host de Offizier un wiest, wo mißtruen he is.

Fast seggt Professor Himly: „Herr Major, wenn een Mann mit elektrischen Strom ümgahn kann, denn is dat de Leutnant Siemens!"

De Sleswig-Holsteener seggt sik los von den Dänen. Suldaten un Freewillige marschiert na Norden. Ok Preußen hett Dänemark den Krieg erklärt.

Leutnant Werner Siemens wart to Rapport bestellt. General von Reyher taxeert ersthaftig den jungen Leutnant.

„Sie fahren heute nach Kiel, Leutnant Siemens. – Ich erwarte, daß die Sache klappt."

Een Lokomotiv bringt Werner Siemens noch an den sülven Dag na Kiel. Veel Gepäck is op den Tender verladt, – grote Säck mit isoleerten Draht, elektrische Batterien, Zünder.

Bi de Badanstalt Bellevue sünd an den Strand en paar Dutz Arbeitslüd bi to hamern, to kloppen un warken. Se schüffelt dat swatte Pulver in grote Tunnen. Mit Pick un Teer warrt de Deckels waterdicht tomakt. Miteens stockt de Arbeit. De Lüd ropt na Leutnant Siemens.

„Herr Leutnant, von dat dare Tüchs verstaht wi nix!" Se wiest op Kabel un Zünder.

Mit geschickte Hannen mutt Siemens sülven de Zünder tosamenschruuven un inbuen. Heel vörsichtig geiht he to Kehr. Elkeen Zünder prövt he ut, ehrder he em an dat Pulverfatt fastmakt.

Von Tiet to Tiet kiekt he un ok de Lüd över 'n Haben na Friedrichsort to. Jede Ogenplink kann de dänische Flotte kamen. – Got, wat Hannemann so langtögsch is!

Leutnant Siemens drifft sien Lüd an. Allns mutt fardig wesen, ehrder de Fiend von Norden kümmt. Mit grote Ruderböd warrt de Minen rutfahrt na de Enge von Laboe un Friedrichsort. Siemens gifft dat Teeken, wenn en Boot to stoppen is. De Lüd bört en Fatt över Bord un lat dat sachten to Water glieden. En Gewicht treckt de Min so wiet dal, dat föftein Fot Water överher gaht. Elkeen Zündleitung makt Werner Siemens sülven fast.

,,Ne! Mit elektrischen Strom wüllt wi nix to doon hebben!" so snackt de Lüd. ,,Dat is Düvelskram! Dat kannst nich anfaten. Nich mal sehn kannst dat!"

An 't Över bi Friedrichsort warrt Latten opstellt, de genau de Richt wiest för elkeen Mine. Nu bruukt een blots den Knop to drücken, wenn en Kriegsschipp över de Höllenmaschin wegfahrt. Een Mine warrt to Prov hochjagt. Dat klappt. Nu künnt de Dänen kamen!

Aver de Dänen lat sik Tiet.

Leutnant Werner Siemens arbeidt wieder. Wat is, wenn de Dänen mit Landungsböd bi Stohl oder Bülk an 't Över kamt un griept de Festung Pries von Land her an? Denn is Gefahr sünners för dat Festungsdor. Do gifft Werner Siemens Nahricht an den Swager.

,,Lat mi een Pulverfatt na Friedrichsort schicken. Ik bruuk dat för en Flattermine."

Vör dat Festungsdor ward en deepe Kuhl utgravt. Do rullt de Lüd dat Pulverfatt rin. De beiden Bröder von Werner Siemens sünd to Help kamen. De leggt de Leitung för de elektrische Zündung. Noch is de Kuhl nich wedder todeckt, do blast de Trumpeter Alarm. An de Kimm klüst de dänischen Kriegsscheep op.

,,Alarm!" All Suldaten störrt ut de Kasematten. Kanoniere ladt un richt de Kanonen.

,,Kugeln in den Oben!"kummandeert Leutnant Siemens. Artilleristen leggt en Dutz Kanonenkugeln in dat Köhlenfüer. Gegen hölten Scheep warrt mit glöhnige Kugeln schaten.

Do, miteens zischt en hoge Füerstrahl na 'n Heben rop.

Wulkenhoch schütt gneterswatte Qualm. Erdbrocken fleegt dörch de Luft. En Dunnerknall dröhnt wiethen över See un Land.

De Luftdruck ritt Leutnant Werner Siemens meist von de Been. ,,De Min!" schreet he op. ,,De Min!"

Hastig rennt he den Weg dal na dat Dor. Man een Gedanke hett em fat: ,Mien Bröder! Mien arme Bröder!'

Aver nüms is to Schaden kamen. De Leitung würd jüst verleggt un all weern sietaf von dat Lock.

,,Gottlov! Ji leevt!" Werner Siemens bevert un grippt hastig na de Hannen von sien Bröder. Denn süht he mit eenen Blick, worüm de Min hochgahn is. De beiden Dröhd för de Zündung bummelt los övern Busch un schaukelt in den Wind.

,,Verdorri! Wo künnt ji ok beide Dröhd so los över 'n Busch hangen?" So fahrt he sien Bröder an. ,,De Wind hett ehr tosamenslagen un den Kontakt utlöst!"

De Dänen op ehr Scheep weer de Füerblitz un de dunnern Knall in de Knaken slagen. Dat harr sik rümsnackt bet na Kopenhagen, dat de Preußen un de Sleswig-Holsteener wat vör harrn mit den niegen elektrischen Strom. Wahrhaftig! Nu wies sik dat as reine Wahrheit. Dat hett de dänische Admiral nu sülven belevt. Un wenn de Preußen nu al so 'n Düvelskram loslat, – sien Scheep sünd noch en paar dusend Schräd von Land af –, wat schall denn woll passeeren, wenn de Flotte neeg an dat Fort kümmt?

De Admiral driggt swar an sien Verantworten för de Scheep. Do gifft he Befehl. All dänische Kriegsscheep dreiht in den Wind, gaht över Stak un seilt wedder rut in de wiede See.

Kiel ward nich bombardeert. Keeneen Schuß hebbt de Dänen afgeben op de Stadt.

Gröndunnersdag bi Eckernför

(5. April 1849)

Sachten un lies sackt de Sünn an 'n Heben dal. Gülden is de Gleem an 'n Horizont. En blänkern Schemer liggt op Böm un Büschen. Sinnig palscht de Waggen von de Ostsee an den Strand bi de Bucht von Eckernför. Dat Water glinstert in de Abendsünn. En schöne Vörjahrsdag geiht to Enn. Een Drossel, hoch baben in den Boom bi dat steile Över, versöcht sik al mit en Leevsleed för de Blöhtiet. Aver dat is noch to fröh, – Anfang April von dat Jahr 1849. De Luft is noch kolt, bi de Hasselnöt spreedt sik jüst de ersten Knuppen. Freeden liggt över allns. Von Eckernför her swevt Klockenklang över Stadt un Land. Dat will Ostern warrn. Un morgen is Gröndunnersdag.

Aver de Abendfreeden drüggt. Neeg bi dat Över sünd twee Schanzen opbuut worrn, een an de Nordersiet von de Bucht, de anner günt över. Krieg is in dat Land. ,,Op ewig ungedeelt!" Dat ole Wort hett niegen Wert. Nu, wo de Winter to Enn geiht, staht de dänischen Suldaten op Alsen un vör de Königsau. De Sleswig-Holsteener liggt in Rendsborg un sünd al bi Sleswig in Stellung gahn. Wo licht kann de dänische Flotte bi Eckernför Truppen landen, üm de Sleswig-Holsteener in de Rüch to kamen, oder üm den Train aftofangen, de von Kiel her över Eckernför na Norden to de Suldaten versorgen mutt.

Bi de Norderschanz steiht Kanonier Hansen op Wacht. He hett wieder nix to doon as na See uttokieken. Aver allns is still. Keen Kriegsschipp wiet un siet. Un Hannelsscheep künnt ahnhen den Haben von Eckernför nich anlopen. To dicht is de Blockade von dänische Scheep.

Hauptmann Jungmann makt sien Runde, lett sik von Kanonier Hansen melden. Denn vertellt se sik wat. De Kanonier is nich tofreden, dat he hier bi Eckernför in de Schanzen liggt. Freewillig hett he sik melldt un will heel gern op den Dänen dal, üm de Heimat freetomaken. Hier is he wiet af von 'n Schuß, meent he. Jungmann versteiht em un wiest em na, wo wichtig hier de Stellung is.

Do, miteens wiest Kanonier Hansen na See to. Över de

Kimm reckt sik Mastspitzen hoch. Man liesen weiht de Wind von Ost. Dat duert sien Tiet, aver grötter warrt de Takelasch von een grot Seilschipp. Un dar, twee Strek na rechts, kamt anner Mastspitzen över de Kimm. Dar! Noch welk – jümmer mehr. „Veer, – fief, – söß, – söben, – söben Scheep!" tellt Kanonier Hansen. „Dat is de Dänische Kriegsflott!" röppt Hauptmann Jungmann. „Alarm!"

Leven kümmt in de Norderschanz. All Kanoniere staht an de söß Kanonen un lüstert bi de Palisaden na de frömden Scheep. „Nu geiht 't los!" – „Do hebbt wi lang op tövt!"

Wiethen dröhnt een Kanonenschuß. Alarm! En Melder jagt na Stadt to, um den Kummandeur von dat Jägerbataillon Bericht to geven. De Karkenklocken dröhnt. Alarm! All Lüd loopt op de Strat. „Wat is los?" – „Wat gifft 't?" – „De Dänen kamt!" Von Mund to Mund flüggt dat Wort. Un de een un de anner hangt sien Meenen an de Wörd. „De ganze Dänische Flott is dar!" – „Se wüllt Truppen landen!" – „Gott help uns! Do kann uns dat eene Jägerbataillon nich vör wahren!" – „Denn warrt plündert, de Stadt warrt freten von Füer un Flammen!" – „Oh Gott, wo blievt wi af mit Fruu un Kinner?"

De dänischen Kriegsscheep sünd willdeß deep na de Bucht rinfahrt. All vörweg dat gröttste Orlogschipp, wat Hannemann hett, de „Christian VIII.". Neeg bi seilt de Fregatt ‚Gefion'. De beiden Scheep droht tosamen mit över eenhunnertveerdig Kanonen. Un in de Norderschanz sünd dat söß, in de Süderschanz man veer. Wat schall do von warrn? Twee Raddampers sünd bi de Flott, un denn dree lüttere Scheep. Över hunnertsößtig Kanonen staht gegen tein bi beide Batterien. Wo schall dat aflopen?

As dat schummerig warrt, flaut de Wind af. All dänische Scheep gaht vör Anker, künnt nich recht manövreeren. Aver wat warrt bi en niege Dag? Dat is de Gröndunnersdag, – effen vör dat Osterfest. Aver do fragt de Krieg nich na.

Bi Hellwarrn is al Leven in de Schanzen. Pulver un Kugeln liggt parat. Un dat Köhlenfüer brennt achter de Palisaden, um de Kugeln glöhnig to maken.

Anker op bi den Dänen. En lichte Bries von Ost fallt in de Seils. As en Gigant kümmt ‚Christian VIII.' op de Norderschanz to, hebenhoch reckt Seils un Masten. Dree Etagen hoch is dat Achterschipp mit grote Finster. Rund üm dat Schipp, dreedubbelt över 'nanner, een Stückport bi de anner. Un ut elkeen Stückport droht een Kanon. Neeg bi dat Orlogschipp löppt de ‚Gefion', en prächtige Fregatt, mit achtunveerdig Luken. In't Kielwater von de beiden seilt de ‚Galathea', bi ehr de Raddampers un de lüttern Scheep.

Hautmann Jungmann steiht baben op de Schanz. He taxert, wo wiet de Scheep af sünd. Jede Schuß mutt drapen.

Mit Blitz un Dunnerslag geiht de Kanonade an. Pulverqualm un Rook drifft vör den Wind. Krachen bi de Schanz. Bi de Palisaden slagt welk Kugeln in. Palten fleegt dörch de Luft un Soden von de Wehr.

„Füer!" kummandeert Hauptmann Jungmann. Mit veer Kanonen kann he man scheten. De beiden groten Veeruntwintigpünder staht noch to sied. Veer Kugeln fleegt flach över dat Water, springt an Waggen wedder hoch un drapt den Fiend. Wat doot en paar Löcker den Giganten an?

Wedder dunnert de Breetsiet von ‚Christian VIII.'. Ok Gefion fangt an to scheten. De Korvett ‚Galathea' kümmt neeg an 't Över. Veer Kugeln von de Schanz jagt ehr in 't Liev. Gau dreiht dat lütte Schipp wedder af. De beiden Raddampers gaht de Kugeln ok ut den Weg, smiet den Anker, wo se seker sünd. För de lütte Schanz mit de paar Kanonen sünd dat Orlogschipp un de ‚Gefion' nog an Kraft, meent de dänische Admiral.

Breetsiet na Breetsiet dunnert över de Bucht. De Palisaden gaht in Stücken. Aver Schuß um Schuß drapt de Kugeln von de Batterie. Ok de beiden groten Kanonen mit Kugeln von veeruntwintig Pund hebbt nu Schußfeld. Scheten, laden, richten, scheten, dat ritt nich af. Elkeen Mann in de Schanz deit sien Plicht. Do is keen Tiet, op den Dänen sien Kugeln to achten, liekers de Wall umplögt warrt un de Palisaden warrt toreten in Stücken un Palten. Een Mann schreet op, swar is he drapen, he starvt. De Hauptmann ritt sien Lüd mit scharpe Kommandos hoch. Schuß um Schuß kümmt ut de Batterie, un elkeen Schuß dröppt den Fiend, mal de ‚Gefion', mal dat Orlogschipp. Aver to grot is de Övermacht. Een Kanon warrt vull drapen, de tweete fallt ut, dat drütte Geschütz geiht in Stücken, dat veerte. Toletzt kann een sware Kanon alleen noch scheten.

Op de Süderschanz staht de Kanoniere op 'n Wall, vull Grimm un Wut. Se künnt so wiet nich scheten, künnt de Kameraden op Nordersiet nich helpen.

Aver grote Help kriegt de Sleswig-Holsteener von den Wind. De hett op nord-ost dreiht, briest op. De dänischen Scheep drievt deeper na de Bucht rin un mehr un mehr na Süden to. De Norderschanz kriggt Luft. De Flagg weiht över de Schanz. De Dän kunn de Batterie nich dwingen, – een Kanon kann jümmer noch scheten.

Baben op de Süderschanz steiht Feldwebel Preußer, een von de besten Lüd. He hett dat Kommando bi de Batterie. De dänischen Kriegsscheep hollt nu op de Süderschanz to, över 100 Kanonen gegen veer. Preußer lett Kardeetschen laden. De erste Breetsiet von ‚Christian VIII.' brüllt över de See, – to hoch. De hett keen Schaden daan. Nu de Antwort von dat Över. Veer Kardeetschen jagt in de Takelag von den Dänen. Welk Seils hangt in Fetzen, Tauen sünd reten. Wedder un nochmal drapt de Kardeetschen. Männich Seil hangt as lose Plünn. De dänsche Admiral Paludan gifft sien Kommandos. As Katten so gau entert Matrosen in de Rahen, um den Schaden to beheben. Do slagt niege Kardeetschen in. Welk Seelüd fallt dal an Deck, drapen, verwundt oder dot.

Bi de ‚Gefion' dat lieke Speel. De Fregatt löppt ut 't Roder, lett sik nich mehr stüern. To veel Seils sünd nich intakt. Un de Bries drückt de ‚Gefion' jümmer wieder na den Strand to. Wo lang noch, denn löppt dat grote Schipp op Grund. De Fregatt mutt afdreihen, um deeper Water ünner 'n Kiel to kriegen. De Wind briest jümmer stiever. De Waggen pilscht an de Schippsplanken un drammt dat Schipp wieder un wieder na dat Över to. Grot is de Gefahr. Mit Flaggensignal warrt de Raddamper ‚Geiser' ropen. De schall de Gefion freeslepen. En Boot warrt utsett, bringt de Tross na dat Seilschipp. Preußer süht, wat sik dar wiest. Schall em de seker Büd verlüst gahn? Mit Kugeln un Kardeetschen fallt de veer Kanonen över den Damper her. Got hett Feldwebel Preußer richt. Oder speelt de Tofall mit? De Kugel ritt de Tross af, mit de ‚Gefion' von 't Över afslept warrt. „Hurrah!" Ut all Kehlen klingt de Roop över de Schanz. Mit duppelt Mot gaht se nu tokehr.

‚Gefion' is to 'n Speeltüch worrn för Wind un Waggen.

Dat Schipp swojt rüm, wiest nu de Batterie den Steven, – den Spegel, as de Seelüd seggt. Preußer süht de Chance. He weet, bie den Spegel sünd keen dicke Planken, dar sünd man lichte Breder. Schuß um Schuß riet de Kugeln von de Batterie den Spegel op. Un nu Kardeetschen achterna. De fleegt von 'n Steven bet na 'n Bog dörch dat Schipp un riet de Kanoniere bi de Stückporten dal. ‚Gefion' is nich mehr klar to Gefecht.

De Batterie wenndt sik dat Orlogschipp to. Ok ‚Christian VIII.' mutt wieder af von dat Över, schall keen Unglück schehn. De Anker rasselt dal. Dat Schipp swojt rüm, um Kurs na See to nehmen. Aver to hart is de Wind al worrn. De Anker kann dat Schipp nich hollen, de Draggen schurrt över den Sand. De Admiral lett de ‚Geiser' ropen. De schall mit Maschinenkraft dat grote Schipp na See to slepen.

Preußer süht de ‚Geiser' kamen. Granaten huult ehr in de Möt. Se drapt dat Rödwark. De Damper mutt dat opgeven. Nu versöcht de Admiral dat Letzt. All Kanoniere mütt mit Ruderböd to Water, um dat Orlogschipp mit Reems gegen Wind un Water von dat Över wegtopullen.

Op so 'n Gelegenheit hebbt de Kanoniere in de Süderschanz al luert. Kardeetschen in de Rohren un Schuß um Schuß bombardeert se de lütten Böd. Hier fegt dat Blie effen över dat Settbord lang un ritt de Lüd von de Duchten, dar warrt en Leck in een Boot rinslan. Flüchten mütt de Lüd, sökt Schutz achter dat dicke Liev von dat Orlogschipp. De Kanoniere kladdert wedder an Bord, veel Dode un Blesseerte bringt se mit. Nu staht se wedder achter de Geschütze.

All ehr Wut jagt se röver na de Schanz mit een Breetsiet na de anner. Bomben un Granaten slagt bi de Schanz in. De Wall süht ut, as weer dat Plogland. Palisaden staht keen mehr. Aver all veer Kanonen sünd intakt. Schuß um Schuß jagt se dat Orlogschipp in de Flanken.

Feldwebel Preußer süht sien Gelegenheit. So neeg bi dat Över is dat dänsche Schipp, do lett he mit glönige Kugeln laden. De slagt dörch de Bordwand na binnen. In dat Schipp brickt Füer ut. Smook un Qualm stiggt ut de Luken. Ut de Stückporten dringt de Rook. De Richtkanoniere hebbt keen gode Sicht.

Do geiht bi dat Orlogschipp de witte Fahn hoch. Een Offizier kümmt an Land. He bringt eenen Breef för den Stadtkommandanten un den Magistrat in Eckernför. Bet Antwort kümmt, schall Waffenstillstand wesen, um de Blesseerten to versorgen.

Feldwebel Preußer is mit inverstahn.

De dänsche Admiral will noch hog rut. He verlangt in den Breef free Affahrt för sien Scheep – oder he ward de Stadt in Brand scheten. De Stadtkommandant is gegen den Admiral sien Begehren. De Börgermeister un de Magistrat stimmt em to.

Wildeß wuracht all Lüd op ‚Christian VIII.'. Wanten un Gaffeln warrt repareert, niege Seils warrt hochfiert.

„Do hebbt wi dat!" röppt een Kanonier in de Schanz. „De wüllt blots Tiet winnen, dat se nahstens utneihn künnt!"

„Lat ehr", seggt Preußer. „De kamt uns nich ut!" He gifft Order, dat de Schanz mit Hack un Schüffel wedder fast maakt warrt. Frische Kugeln kamt to Füer. De lücht bald in witte Glot.

Vörbi is de Waffenstillstand. De witte Fahn geiht dal bi dat Orlogschipp. De Kanonen hebbt wedder dat Seggen. Aver jümmer noch sweelt dat Füer ünner Deck bi dat Admiralsschipp. Se hebbt nich löschen kunnt. Qualm un Rook nimmt de Kanoniere de Sicht.

Ut de Süderschanz knallt een glöhnige Kugel na de anner den Riesen in de Siet. Leeger warrt dat Füer an Bord. Flammen slagt ut een von de Luken. Wedder geiht de witte Flag hoch bi ‚Christian VIII.'. Dat Admiralsschipp kaptuleert.

„Hurrah!" Ut Rand un Band sünd de paar Artilleristen in de Schanz. Se fallt sik in de Arms. Se weet nich wat doon, so grot is de Freud to den Sieg.

Feldwebel Preußer lett sik röverpullen na ‚Christian VIII.'.

„Herr Admiral, bitte, ehrn Degen."

Admiral Paludan gifft em ohn een Wort.

„Bitte, kamen se mit mi an Land."

De Admiral wehrt sik, an Bord warrt he bruukt. Mutt he an Land, denn droht de Disziplin kranzheiss to gahn. Jedereen denkt denn blots an sik, un so veel Blesseerte bruukt Help. Se mütt an Land bröcht warrn. Dat Füer in 't Schipp warrt ümmer grötter. Preußer besteiht op sien Recht. De Admiral mutt mit em kamen, un he bringt em sülven na de Kommandantur in Eckernför. Lov un Ehren warrt Preußer un sien Lüd utspraken. Preußer warrt opstäd befördert un de Kommandeur gifft em de Epouletten as Offizier.

Aver noch is Preußer sien Wark nich to Enn. De 'Gefion' mutt borgen warrn as Kriegsbüd. He mutt de Dänen helpen, de Blesseerten ut dat brennen Schipp an Land to bringen.

Preußer geiht wedder an Bord. Sien scharp Kommandos warrt von de Dänen respekteert. Boot um Boot bringt de Blesseerten an Land. Aver dat Füer fritt jümmer wieder in dat allmächtig grote Orlogschipp. De Pulverkamer is in Gefahr. Ehrder een de Gefahr afwennen kann, schüht dat Unglück. Mit Dunnerkrachen explodeert dat Schipp.

So eenen Knall hett noch nüms beleevt. Wiet över de Stadt weg bet in all Navergemeenen is de Dunnerslag to hören. De grelle Blitz bi de Explosion hett all Lüd för 'n Tietlang blendt. Achterna is an de Unglücksstäd nix to sehn as Qualm un Rook, de vör den Wind afdrievt. Trümmer, Balken, Breeder, Palten von de Takelag drievt op 't Water. Bi rüm veel Minschen, Dode un Seelüd, de üm Help ropt.

Preußer, de Held von de Süderschanz, is mit dat frömde Schipp in den Dod gahn.

An 't Över liggt twee Blesseerte bi'nanner, – een Dän, een Sleswig-Holsteener. Ok de Dän kann Plattdütsch snacken.

„So is dat nu", seggt de Dän, „do schütt de een op den annern. Dat geiht op Leven un Dod, liekers sik de Lüd nich kennt, – nümmer hebbt se sik vördem sehn. – Weer 't nich beter, wenn allns regelt un afmakt würd ohn Krieg?"

„So is dat", seggt de Kanonier von de Süderschanz. „Un uns Preußer, de müß sien Leven laten, wiel he de dänschen Blesseerten helpen wull."

De Branddüker

,,Sleswig un Holsteen - op ewig ungedeelt!"

De Sleswig-Holsteener staht för in mit Liev un Leben. In Kiel hett de provisorische Regierung de Landslüd opropen. Suldaten un Freewillige överrumpelt de Festung Rendsborg, störmt dat Danewerk bi Sleswig un drievt de Dänen na Norden to. Preußen sünd ok mit bi. Un männich dütsche Bundesland wiest dat nationale Besinnen un schickt Suldaten. Welk Regierungen truut aver ok de Preußen nich. De kunnen to stark warrn na den Sieg. Un Berlin schall janich dat Seggen alleen hebben. So sünd ok von Bayern Suldaten na Sleswig-Holsteen kamen.

In 'n April 1849 liggt de Preußen, de Bundestruppen un de Sleswig-Holsteener vör de Düppler Schanzen. De Vörmarsch hett sik fastloopen an de Bollwarken mit Grabens un Palisaden.

Na Broacker to liggt de 10. bayerische Feldbatterie. De Kanoniere künnt na Sonderborg un Alsen röverkieken. Aver so wiet scheeten mit de söß Pund swaren Kugeln, dat künnt se nich.

Ünneroffizier Bauer steiht bi sien Batterie un kiekt na de Brüch över den Alsensund.

,,Dunnerslag", denkt he ,,nu fix en Pulverfatt ünner de Brüch un de in de Luft jagt mit allns wat dar op is! Denn weern de Dänen in de Schanzen afsneden un de Krieg weer bald to Enn! – Ja, wenn een na den Pieler von de Brüch röverflitzen kunn as so 'n Seehund!"

He lacht över sik sülven un sien Grappen, de Ünneroffizier. Aver de Idee lett em nich wedder los: – wo kann man ünner Water na en Brüch oder Schipp rankamen?

Dag för Dag gruvelt Wilhelm Bauer in sien free Tiet. De Sak mit den Seehund kümmt em garnich so dummerhaftig vör. En künstliche Seehund müß dat wesen, wo een oder twee Mann binnen sitten künnt un de bringt den Pulversack bet ünner de Brüch!

In sien Quartier fangt Bauer an to teeken un to reken. He kritzelt afsünnerliche Figuren op dat Papier.

,,De is dörchdreiht!" meent sien Kameraden.

En paar Daag later steiht Ünneroffizier Wilhelm Bauer in en Holtschuppen. In de Hövelbank hett he en Stück von 'n Pahl fastklemmt. Mit Rietmeß un Raspel geiht he tokehr un makt sien erste künstliche Seehund. Fix geiht em dat von de Hand. Vör sien Suldatentiet hett he Drechsler lehrt. Bi en lütt Waterkuhl lett he sien Middelding von Schipp un Seehund swümmen. Lütte Steen makt he fast un probeert, wo licht oder swar sien Fahrtüch wesen mutt, um ünner Water to drieven ohn dat dat hochkümmt oder dalsackt. Mit Tollstock un Bliestift hanteert he in all sien free Tiet.

De Krieg geiht to Enn. De Batterie fahrt na Bayern trüch. Dat is Ünneroffizier Bauer garnich na de Mütz, – nu, wo he sik inleevt hett an de Waterkant un he hett so veel vör mit sien Ideen von den künstlichen Seehund.

„Wat schall ik in dat dröge Elend?" seggt he to sien Kameraden. „Ik mutt wedder an de See!"

Bauer quitteert sienen Deenst in Bayern, reist na Kiel un warrt hier Suldat. Nu is he wedder bi dat grote Water, wo man Schepen bruukt, de ünner Water fahren künnt.

De Ünneroffizier schrifft von sien Ideen an das Kriegsministerium. Dörtig Daler warrt em bewilligt. Do buut he ut Kopperblick sien erste Modell. En lütt Klockenwark drifft de Schruuv. Lütte Finster hett dat Modell un baben kann Bauer de Luk waterdicht toschruven. Dwars dörch dat Boot löppt en dünne Draht mit Gewichten. Do lett sik dat Gliekgewicht mit trimmen. Achtern is dat Roder inbuut un vörn hangt en Pulversack. Mit Gummiärmels kann een vörn dörch de Bootswand griepen, um de Pulverladung an den Kiel von en frömde Schipp fasttomaken.

En hoge Kommission von söß prominente Lüd lett sik von Ünneroffizier Bauer dat Modell vörföhren.

Bauer treckt dat Klockenwark op, bringt sien Schipp to Water.

„Nu lat em mal dalgahn", seggt Professor Karsten.

Dat Boot warrt instellt un geiht dal.

„Ünner Water liekut fahren!"

Bauer grippt sien Modellschipp, stellt Hebels in un dat Schipp fahrt eenen Fot deep ünner Water.

„Die Idee ist richtig", seggt de Oberschiffsbaukonstrukteur von Schirach. He meent, nu müß en richtige Boot buut warrn mit twee oder dree Mann an Bord.

,,Jüst dat will ik gern!" fallt Bauer em in 't Wort. ,,Wann kann ik anfangen, Herr Oberschiffsbaukonstrukteur?"

,,Wenn es nach mir ginge, dann sofort. Aber so etwas kostet Geld. Wer soll das bewilligen? – Geld für eine Sache, die noch nicht hundertprozentig sicher ist? Vom Kriegsdepartement werden sie schwerlich Geld bekommen, Herr Bauer."

,,Wat? Keen Geld för so 'n wichtige Sak!" platzt dat bi Bauer rut. ,,Mien Erfindung kann den Seekrieg op 'n Kopp stellen!"

De Lüd von de Kommission tockt de Schullern. Dat is allns.

Liekers schrifft Bauer an dat Kriegsdepartement. – En Antwort hett he sien Leven lang nich kregen.

Dörch freewillige Spenden mutt de Erfinder sik dat Geld tohoopbetteln, dat he sien erste Ünnerseeboot buen kann.

Bi de Warft von Schweffel & Howaldt in Kiel warrt 1850 dat erste U-Boot buut na Bauer sien Ideen, – 7,9 m lang, 3 m hoch, 2 m breet. Dat Gewicht is so berekent, dat dat Schipp effen $1^1/_2$ bet 2 Fot ut dat Water reckt. – Nu kriggt Wilhelm Bauer Larm mit de technische Kommission. Se hebbt de Bootswand dünner maken laten, as dat in den Konstruktionsplan vörsehn is.

,,Lüd, bedenkt dat! Iesenplatten von $^1/_4$ Toll sünd veel to dünn! De hollt den Waterdruck nich ut!"

,,Sie wollen wohl mit Gewalt und geradenwegs wie ein Stein untergehen mit ihrem klobigen Fahrzeug? Sehen sie hier ihre eigene Zeichnung: diese Kielrippen, das Steuer, – alles viel zu dick und viel zu schwer!"

De Erfinder stritt mit de Lüd. ,,Dat Boot is nich för Fahrten in den Sünnenschien! Nee, dat schall dalgahn un ünner Water fahren, – 20, 30 Fot deep. Mit dusend un dusend Kilogramm Gewicht presst dat Water op de Bootswand. De Platten mütt hollen! Twüschen de Wännen sitt wi mit dree Mann un wi wüllt leben! Allns mutt genau na mien Bereken herstellt warrn!" He kümmt jümmer mehr in Rasch.

,,Ne, ne, Herr Bauer! Das kostet viel zu viel Geld. Sparen! Sparen, wenn man so etwas von gespendeten Geldern baut!"

Wilhelm Bauer kapituleert. He kümmt nich an gegen de hogen Herrn von de Kommission. ,,En Jammer is dat! Wo dat doch so veel Geld gifft op de Welt!"

De ,Branddüker' – so warrt Bauer sien Ünnerwaterschipp op de Warft nömt – warrt buut as de Kommission dat för richtig höllt: de Wännen ut Iesenplatten von 1/4 Toll, Rippen un Spanten to dünn un binnen in dat Boot is allns op billig un primitive Art.

Noch dröhnt bi Schweffel & Howaldt de Niethamer, do warrt al fragt: ,,Wann führen sie die erste Unterwasserfahrt vor, Herr Bauer? Hoffentlich recht bald!"

Storm jagt över den Kieler Haben, Regenflagen, Sneedrieven. Dat is de 18. Dezember. Wilhelm Bauer makt sien erste Probefahrt. He hett Sorgen. Warrt allns got gahn? To veel is nich so buut worrn, as he dat berekent hett. Ballastwater flütt nich in Tanks, ne, dat mutt so in 't Schipp rinlopen. De Gewichten, üm dat Schipp vörn oder achtern swarer oder lichter to maken, liggt los op de Planken.

,,Wenn ik doch Geld harr un mehr Tiet! – Worüm warrt Erfinders as arme Düvels boren? Un de Rieken, de sünd to satt oder dumm, üm wat to erfinnen!"

De Provfahrt glückt. Twee Helpslüd stampt mit de Föt in Röd, de de Schruuv andrievt. Na 'n Vierdelstunnstiet is dat Boot meist een Kilometer von de Warft af. Bauer lett Ballastwater inlopen. Langsam dükert dat Schipp. Ok de Pumpen funktioneert. Dat Ünnerwaterschipp kümmt wedder hoch. Nu weet Wilhelm Bauer dat för gewiß: sien Idee is richtig! Aver allns is primitiv. Allns harr beter makt warrn kunnt. Aver nüms geev em dat Geld. Dat geiht um dree Minschenleben, wenn se deeper dalgaht in de See.

De Erfinder geiht mit sien Sorgen na de Marinekommission. Nix as Tucken mit de Schullern, verlegen Gesichter.

,,Noch mehr Kosten, Herr Bauer? Unmöglich! Aber bringen Sie bald Resultate!"

An 'n 1. Februar 1851 will de Kommission de Resultaten sehn. Ünneroffizier Wilhelm Bauer, de Artillerist, un de Matrosen Witt un Thomsen gaht an Bord. De beiden Seelüd hebbt sik freewillig mellt. Is doch mal anners wat, as Deenst op de Warft. De Branddüker fahrt rut, wo de Haben an deepsten is. Bauer schrüfft de Luk von binnen dicht. Denn dreiht he den Hahn op. Water strömt in dat Boot, makt dat swarer un swarer. Langsam sackt dat Schipp dal, fahrt ünner Water.

Miteens sackt dat Heck weg, – üm 15 Grad. Dreedusend Kilogramm Water – de Tank is ja inspart worrn – ruscht na achtern, drückt dat Heck noch deeper dal. De Ballast von Rohiesen, de los in 't Boot liggt, kümmt in 't Scheten un störrt bet an den Achtersteven. Meist senkrecht stellt sik dat Boot.

Bauer lett keen Oog von dat Manometer: 25, 28, 30 Fot ünner Water.

„Wenn nu de Apparat nich breken deit, denn künnt wi uns retten!" röppt he sien Lüd to.

Do fangt dat an to gnastern. De linke Bordwand bögt sik ünner den Waterdruck na binnen. Een Tredrad platzt ut de Halterung. Spanten spliddert. Nieten warrt los. Water rieselt in dat Boot. Deeper un deeper sackt de Branddüker. Bi tweeunföftig Fot Water stött dat Heck op Grund. Liesen leggt dat Boot sik wedder horizontal.

As de erste Schreck vergahn is, snackt Bauer mit de beiden Matrosen, gifft ehr frischen Mot: „De Deckwand hett hollen. Nu ward de Druck von buten nich mehr grötter. Wenn dat inlopen Water uns Luft nog komprimeert hett, denn künnt wi dörch de Luk hier rut na baben swümmen."

Witt un Thomsen wuracht dull an de Pump.

„Dat lat na", röppt Bauer, „wi künnt blots rut, wenn hier binnen dat Water so hoch stiggt, dat wi mit den Gegendruck de Luk hochkriegt. Dar liggt en Druck von 2700 kg op."

Bet an de Bost staht all dree in dat kole Water. De Luft to aten warrt swar. Witt versöcht de Luk antobören. Noch langt sien Kraft nich to. Bauer dreiht den Waterhahn op. He lett Water tolopen, dat de Druck sik gauer utglieken schall. Thomsen in sien Angst versteiht em nich, grippt na sien Mess un will den Ünneroffizier to Lief gahn. De treckt sien Terzerol, so natt as dat is un ok ohn Zündhot. Dat bringt den Matrosen to Vernunft.

Tiet vergeiht. Miteens hört se en Schrammen an de Bordwand. Dörch dat Finster künnt se Tauen un Keden utmaken. Ehr schall holpen warrn. Se kloppt un ropt. Frischen Mot fat de beiden Matrosen. Aver Bauer hett niege Sorgen. Wenn von baben Trossen üm dat Boot trocken warrt, denn kann licht en Finster tweigahn oder en Stropp treckt sik över den Deckel von de Luk. So veel Luft hebbt se nich mehr to leben, bet Lüd von baben dat Boot bargen künnt.

Witt probeert mal wedder, de Luk antobören. Nu schafft he dat. Water störrt dörch den Splett. Gau lett he den Deckel tofallen.

Dat is so wiet! Nu künnt wi rut!" Ünneroffizier Bauer instruert de beiden Matrosen. All dree stellt sik ünner de Luk. Witt schall as erste utstiegen. Denn Bauer, un he höllt Thomsen an de Haar fast, wiel de al flau is un sik alleen nich richtig helpen kann.

„Los!" De Överdruck sleit den Lukendeckel hoch. De Luft ut dat Boot schütt na baben, ritt de dree Mann mit hoch.

Scheep un Böd sünd an de Unglücksstäd. Veel Hannen griept to un fischt de dree ersten U-Boot-Fahrer ut dat kole Water rut.

Achterna will Ünneroffizier Bauer weten, wannehr he wieder buen kann an sien Ünnerwaterschipp. Do warrt em dat verbaden, – is ja Gefahr bi för dat Leben!

Aver Bauer lett nich von sien Idee. He geiht na England. As he Plan un Tabellen fardig hett, warrt se em afnahmen. Sülven buen, dat schall he nich. „Dat perfide Albion", seggt Bauer un reist na Frankriek. Ok dar mutt Bauer dat marken. Sien Papieren un Ideen will de Franzmann hebben un em denn afschuben. Nu geiht Bauer na Rußland. Dar buut he sien erste richtige un grote Schipp, dat ünner Water fahren kann. Aver denn makt de Russen em dat Leven suer. Annerwelk wüllt sik dickdoon mit sien Erfindung. He reist af un geiht na Bayern trüch.

En paar Jahr later fahrt Kaiser Wilhelm na Petersborg, üm sienen Vetter, den Zaren von Rußland, to besöken. Do dükert blangen de kaiserliche Yacht ‚Hohenzollern' en Ünnerseeboot op, – de Erfindung von Wilhelm Bauer, för de de dütschen Behörden keen Geld harrn.

De Weg weer wiet

Von'n Heben dal schient warm de Sünn. Blomen blöht. Dat is in de Vörjahrstiet. Bi den Springbrunnen op de Bank, dar an den Marktplatz in de lütte Stadt, sitt twee Rentners. De Jack hebbt se opknöpt. Se warmt sik in den Sünnenschien.

„Schön von Morgen!" - „Ja, is dat".

Geruhig kiekt de Beiden na dat Drieven rundüm bi den Wochenmarkt. Garner un Buern, ok Slachter un'n Bessenbinner staht achter lange Dischen un hannelt mit de Lüd. Heel un deel is jedereen bi Dagwerk un Doon. Allns geiht ruhig af, do fallt ok mal en vergnögt Wort. Dat gode Weder lett Minschen fründlich wesen.

Bi dat Bankhuus in de erste Etage geiht en Finster op. Direktor Hagemann kiekt över dat Drieven op den Marktplatz. ‚En lütt smucke Stadt', meent he bi sik. ‚Is örnlich wat los. Dat kümmt Handwark un Hannel to pass. Dat sleit ok för de Bank to Bok.' Hagemann is körtens erst hierher versett worrn. Sien Direktion hett Vertruen to em un hett eenen swaren Opdrag mit op den Weg geven. Sien Vörgänger, de weer recht wat öller as he, de weer lange Jahr hier west. Do harr sik dat wiest bi en Revision. He weer to gothardig west, wenn't üm Kredite güng. Mit veel von sien Kunden weer he heel vertruut un do harr he männichmal Kredit geven, wo he beter aflehnt harr. Nu sitt de niege Direktor mit an. Kunden för Kunden mutt he överhalen, wat de Krediten ok seker sünd. He weet, do kann he sik keen Frünnen mit maken. Bi Geld hört de Fründschop op. Aver Hagemann is en düchtige Fachmann, hett veel Erfahrung sammelt in verschieden Städen, he is gewandt un hett en lichte Hand bi allns. „Schall woll klar kamen", seggt he halvluut un geiht wedder an sienen Schrievdisch.

Jüst to düsse Tiet fahrt Bäckermeister Klöß un sien Dochder Gesine mit sien luxuriös Auto sinnig dörch de Straten na den Marktplatz to. He lett sik Tiet, de Meister Klöß, wiel he dat gern hett, wenn veel Lüd em wies warrt. Mit sien grot smuck Auto lett he sik gern mal sehn.

„Wi hebbt dat nich ielig", seggt he to sien Dochder, „köp du man in op'n Markt, wat du bruken deist. Ik gah wieldes na de Bank. De niege Direktor will mi spreken. - Schient en örnliche Mann to wesen, de niege, dat he sik glieks mit mi bekannt maken will."

,,Ik heff so veel nich intoköpen", meent de Dochder, en smucke Deern von söbentein Jahr. Glei un glatt is ehr Gesicht, fram un blank sünd de Oogen, mit de se ernsthaft in de Welt rinkiekt. De Mund is small un fast. Wokeen sik mit Minschen utkennt, de is licht vermoden, dat de Deern heel kurascheert wesen kann, so jung as se is. Dat hett sik so geven bi de Deern, as ehr Moder vör en Reeg von Jahren na sware Krankheit storben weer. Nu geiht se dat letzt Jahr op dat Lyzeum un sorgt ok noch för den Vader un den Huusstand.

Bi den Marktplatz neeg bi dat Bankhuus findt Bäckermeister Klöß en Platz to parken.

,,Na, denn man to", seggt Klöß un rangelt sik mit sien rundliche Liev ut den Wagen rut.

,,Lat mi de Slötel hier, Vader", meent de Deern. ,,Ik kann denn Kruut un Kram verstauen, bet du trüchkümmst."

Klöß kiekt noch mal in den Speegel von sien Auto, strakt effen över de Haar, liekers se glatt anliggt. He tuckst noch mal an den Slips. Denn geiht he gewichtig op dat Bankhuus to.

,,Herr Bäckermeister Klöß", melldt de Sekratärin.

Bi düsse Wörd is Klöß al na Dör rin, geiht forsch op Direktor Hagemann to un strahlt em fründlich an, as schull he en olen Fründ begröten.

,,Morgen, Herr Direktor! - Klöß, Bäckermeister Klöß. Noch mal allns Gode, ok von mi, Herr Hagemann, för de niege Arbeidt hier bi uns. Al inleevt? Klar, versteiht sik. De Rop as düchtige Fachmann leep se al vörut."

Hagemann is opstahn. He bütt sienen Besök fründlich de Hand. ,,Danke", seggt he trüchhollern. ,,Bitte, Herr Klöß, nehmen se Platz."

Beide sett sik an den runden Disch.De Sekretärin bringt en Akte för Hagemann.

Klöß plötert op dal. ,,Na, Herr Direktor Hagemann, wat steiht denn an? Se hebben Nahricht geven, dat se mi spreken wullen. Denn scheeten se man los. Ik heff Tiet mitbröcht. För hüt sünd Brot und Semmeln backt. Haha! Wi Bäckerslüd sünd al to Been, wenn anner Lüd noch in de Betten liggt."

Hagemann reageert nich op Klöß sien vertrulich Art to

snacken. He blädert in sien Akte. „Herr Klöß, ik möch gern wat mit se bespreken. Se hebbt annerlest en Kredit opnahmen, - twintigdusend. De is bewilligt worrn, üm den Bedriev modern to maken. Nu fehlt aver bi ehrn Andrag de Nawies, för wat dat Geld anwendt is."

Jümmer grötter würrn Klöß sien Oogen bi Hagemann sien Wör. He sluckt mal drög dal. „Hahaha", lacht he verlegen, as wull he Tiet gewinnen. „Is dat allns, wat se Sorgen makt? - Na ja, 'de niege Bessen' seggt 'n Sprök. Aver, in Vertruen, Herr Hagemann, - is dat so wichtig? De Sachwerten sünd dar."

Jümmer fründlich in sien Art fragt Hagemann: „Welke? Wat is moderniseert? Wat is inbuut worrn?"

„Na ja, inbuut is jüst nix, - malern heff ik laten. Un denn is dat niege Auto dar. As Geschäftsmann bruuk ik em, den Wagen. Un versekert is he ok. Do warrn se keen Kummern mit hebben."

Nüchtern fragt de Bankkoopmann na den Pries von den Wagen, will weten, wat dat en Kombi oder LKW is.

Klöß hett sik wichtig. „Nee, nix dar! En staatsche PKW is dat". He bögt sik vör un grient Hagemann an. „Dat verstahn se doch: een lütt beten mutt 'n Geschäftsmann de Lüd doch wiesen von dat Weertschopwunner, hähä, - man nich? Dat poliert dat Ansehn op un bört den Kredit".

Hagemann kiekt fast den Bäckermeister an. „Ik bün anner Meenen, Herr Klöß. Ansehn un Kredit kann een nich mit Kredit opbetern." He verklart em de Geschäftsbedingen un sleit em vör, den Kredit nu al in Raten aftodrägen. „Dat mutt nich von hüt bet morgen schehn. Seggt wi: fiefhundert oder dusend in de Monat, - so as se dat paßlich is."

Dat versleit Klöß den Aten. Hochrot warrt sien Gesicht un he stamert op dal: „Wat? Wat is dat? Paßlich is mi garnix! Mien eegen Bank will mi wat? Bün ik de Bank nich got? Ik bün noch nüms wat schüllig bleven! - Dat sünd ja niege Methoden hier, Herr Direktor! Anner Geschäftslüd hebbt ok ehrn Kredit. Un jüst mi wüllen se wat?"

„Blieven se ruhig, Herr Klöß. En Kredit mut so anwendt warrn, as he beandragt is. Dat is bi se nich de Fall."

Meister Klöß warrt grantig. „Mit se ehrn Vörgänger kunn een beter snacken!"

,,Ok mit mi könen se klar kamen. Aver allns mutt sien Ordnung hebben. Dat Geld, dat wi gevt, hört anner Lüd to. Allns mutt seker wesen."

Patzig fallt Klöß den Bankdirektor in 't Wort. ,,As wenn ik nich seker weer för de Bank!" He steiht op und geiht an 't Finster. ,,Kieken se sik den Wagen driest mal an! Dar, op den Marktplatz steiht he."

Hagemann kiekt na den Wagen, fragt bilöftig, wat dat Auto Vullkasko versekert is. Nee, dat is he nich, meent de Bäkkermeister, do sünd de Prämien to hoch un dat deit ok garnich nödig. He fahrt nich as 'n Bullerbum. De Bankkoopmann gifft to bedenken, dat en Auto to Schaden kamen kann ohn eegen Schuld.

Ehrder Klöß antern kann, warrt he aflenkt. Sien Dochder steiht bi den Wagen un bi ehr rüm hanteert en junge Mann. Dat lett meist, as wenn de beiden sik strieden doot.

,,Na nu? Wat hett de Jung dar mit mien Dochder"?

,,Se ehr Dochder?" fragt Hagemann un grient. ,,Na, dat warrt nix Leeges wesen. De Jung, dat is mien Söhn."

,,Se ehr Söhn? - - Nu kieken se sik dat an. De Jung springt in't Auto. Mien Deern kann em nich wehren! Dar! Do fahrt he af! Ohn mien Verlöv! So wat!"

Miteens kiekt Bäckermeister Klöß luern na Hagemann. ,,Se ehr Söhn? De is heel jung! Is he al achtein?"

,,Ja", mutt Hagemann togeven. ,,Vör dree Weken harr he sien achteinsten Burdsdag."

,,So? För dree Weken erst? - Hett he do al 'n Föhrerschien?"

Hagemann gifft keen Antwort op de Frag.

,,Aha! So is dat! Keen Föhrerschien un denn mit frömde Lüd ehr Auto afbrummen! Ohn Verlöv! Dat kann düer to stahn kamen! Un de Vader kiekt sik dat von hier mit an un röppt em nich mal trüch! - Haha! Un se wüllen mi Vörschriften maken? De sünd beter anbröcht bi ehrn Söhn. Un wenn se mi nu noch wat wüllt vonwegen den Kredit, denn zeig ik den Jungen an!"

Hagemann richt sik op. ,,Herr Klöß, dat sünd twee verschieden Saken. Ok wenn mien Jung dar nu 'n Dummheit makt, dat kann mien Meenen över den Kredit nich ännern."

,,So? So is dat? Passen se man leever beter op bi ehrn Herrn

Söhn. Dat schient nödiger, as ehrliche Handwarkslüd mit Fisematenten to kamen. Överleggen se sik dat! Anners is mien nächste Gang na de Polizei!"

Klöß smitt sik in de Bost un hett sik as 'n Gladiator, de en stötten Bull ümbröcht hett. Forsch un gewichtig stampt he ut dat Kontor, lett Hagemann stahn, de benaut is över den eegen Söhn.

*

De junge Deern hett inköfft op den Markt. Se verstaut ehr Tüten un Packens achter in dat Auto. Miteens steiht en Junggast achter ehr, höllt ehr de Oogen to. Gesine verjagt sik un fahrt rüm.

,,Och, du büst dat, Bernd? Hest mi reinweg verfehrt!"

Överdorrig lacht de Jung. ,,Dag, Gesine. Den Spaß müss ik hebben." He bütt ehr de Hand mit en jungenhaftig Lachen. Gesine meent, he weer un bleev alltiet en richtige Jung. Dat weer meist nich to glöven, dat he in tokamen Daag al sien Abitur maken schull. Do weer nix von to marken bi sien överdorrige Art.

,,Du kannst beter preestern as mien Scholmeisters", seggt Bernd un deit so as wenn he weent. He schüttelt sik, as harr de Deern em en Pütz Water över den Kopp gaten. Do lacht se beide.

Mit eenen Slag is de Jung wedder ernsthaftig. Em interesseert dat Auto. ,,Dunnerslag! Is dat 'n Wagen! - Dien Vader sien?"

Gesine nickköppt, ,,Ja, is Vader sien Stolt."

Bernd geiht üm den Wagen rüm, studeert dat Armaturenbrett, visiteert allns un interesseert sik för all de Extras, de mit inbuut sünd.

,,So 'n Auto möch ik ok mal hebben! Lat mi mal fahren."

,,Nee, Bernd, dat geiht nich."

,,Meenst, ik kann em nich fahren? Dat will ik di wiesen."

De Deern stellt sik fast vör de Wagendör, lett em nich instiegen. ,,Nee, Bernd, du dörfst dat nich. Vader kann kamen, he is blots mal na de Bank."

,,Och wat, blots dreemal hier üm den Platz!"

,,Nee, Bernd, wees vernünftig!"

,,Och, du Bangbüx, stieg in! Du büst mien Schandarm un paßt op. Blots dreemal üm den Platz."

,,Ik mutt di dat verbeeden, Bernd, wees vernünftig!"

,,Blots dreemal! Los! – Denn fahr ik alleen!"

Bernd drängelt de Deern an de Siet. Se kümmt nich gegen em an. Do sitt de Jung al achter den Volant, Zündslötel rüm, Gas, de Wagen löppt an.

,,Gerd! Lat de Undög!"

,,Bangbüx! – Dreemal üm den Platz! Bün glieks wedder dar!"

De Jung fahrt üm den Marktplatz rüm. Do argert he sik över de veelen Lüd op de Strat, de to Markt wüllt oder wedder gaht. He mutt heel langsam fahren. So kann he den Wagen nich utprobeeren. Do bögt he af in de breede Strat na de Chaussee to.

Jüst nu kümmt Bäckermeister Klöß bi sien Dochder an. He hett Sweet vör 'n Kopp, so dull is he scheest. ,,Wo will de Jung mit mien Auto hen? Hest du em dat verlövt?"

,,Nee, Vader, heff ik nich."

,,Heff ik mi dacht. Vörnehme Lüd ehr Kinner! Na töv, denn köp ik mi, den Musjöh! – Kam, Deern, wi gaht na Huus!"

,,He mutt doch glieks wedder kamen."

,,So? Weest du dat? – Nu will ik ok mien Spaß hebben. Ik rop de Polizei an, dat mien Auto klaut is."

,,Aver Vader, he hett doch den Wagen nich klaut!"

,,Eendoont! Ik gev em as Spitzbov an. Denn hett de Herr Direktor Hagemann ok sien Freud! – Is doch den Direktor sien Söhn, man nich?"

,,Ja, Vader."

,,Sühst woll! Denn na Huus!"

,,Töv doch, Vader!"

,,Nee, mien Deern, will ik nich. De Jung schall sienen Lex hebben. – He kann ja garnich richtig fahren, hett keen Föhrerschien!"

,,Fahren kann he, Vader."

,,Wo wullt du dat von weten?"

,,Ik bün al mit em fahrt."

,,Wat? Wat is dat? Du kennst em al länger Tiet? – Hett he 'n eegen Wagen?"

,,Nee, dat weer den Vader sien."

Drang fragt Klöß: ,,Verlövt de Vader em dat?"

„Ik glöv nich."

„So? So is dat? – Na, allns schall sik wiesen. Nu kam. Ik will un will hier nich töven op den Musjöh! – Un nu vertell du mi mal, wo hest du den Sleef kennenlehrt?"

To Fot gaht de Beiden den Weg na Huus. Gesine mutt ehrn Vader allns vertellen. Allns will de Vader weten un he sett de Deern to, as schull he 'n Koh dat Kalv affragen. Vör 'n paar Monat hebbt de twee sik al kennen lehrt. Dat weer bi 'n Burdsdag von ehr Fründin. Likör un Conjac geev dat rieklich. Do würrn de meersten von de jungen Lüd heel lustig von. Blots Bernd, de höl sik trüch. Vergnögt weer he jüst so as all, man he drunk nich veel. Dat weer Gesine opfullen. Se harr 'n Oog op em un würd dat wies, dat nüms so gode Manieren harr as Bernd. He harr ehr abends lat na Huus bröcht. Se harrn sik wedder drapen. Un elkeen Dag bemöten sik de Beiden op den Scholweg. Mit keen annern Jung kann Gesine sik so got un so ernsthaft wat vertellen as mit Bernd, liekers he mankdörch sien dwallerige Turen kriggt, as weer he noch 'n lütten Jung.

„En Kindskopp is he! Glatt snacken tellt nich mit!" So patzt de Vader ehr domang.

„Du deist em unrecht, Vader. He warrt wiß mal en düchtige Mannsminsch. Een kann em vertruen."

„Papperlapapp!" Wedder fallt de Vader ehr in 't Wort. Allns, wat Gesine to 'n Goden seggt von Bernd, dat lett Klöß nich gellen. He hett sik dull argert över den niegen Bankdirektor un do hört den sien Söhn mit to.

Jümmer duller snackt sik Klöß in Raasch. Verdrettlich is sien Gesicht. Blots wenn en Bekannten oder een von sien Kunden an em vörbigeiht, denn is he miteens heel fründlich, wiest en glatt Gesicht, treckt den Hot mit 'n wiedlöftig Bewegen un bütt em de Tiet.

As de Beiden tohuus ankamt, geiht Bäckermeister Klöß glieks an dat Telefon un röppt de Polizei an. „Jawoll! Klaut is mien Auto! Mien Dochder hett den Spitzbov sehn. Bernd Hagemann heet he, – den niege Bankdirektor sien Söhn! – – Wat, wat seggen se? Vellicht nich klaut? Na, de Wagen is weg! Verlöv hett he nich, de Musjöh! Gahn se de Sak driest op 'n Grund. He is knapp achtein Jahr olt un hett keen Föhrerschien!"

*

Bernd Hagemann lenkt dat Luxusauto ut den Stadtverkehr rut. Nu hett he de Chaussee na Ellernstedt fat. Gau kladdert de Tachometer, wiest hunnert, hunnerttwintig Kilometer Fahrt an.

,,Dat is di wat!" röppt Bernd. ,,So 'n Wagen schull Vader sik ok mal leisten!" Mit een Hand probeert he all de Knöp bi dat Schaltbrett. He stellt den Radio an. Schlagermusik. ,,Ha", snackt he mit sik sülven, ,,de Melodie paßt jüst to mi!" Luuthals singt he mit:

'Glückliche Reise! Glückliche Reise!

Schreib 'ne Karte, wenn du angekommen bist!'

Dat kümmt nu över em as blas en frische Wind lütte Funken to 'n Füer an. Vergeten sünd Gesine un ehr Wörd, dat ehr Vader glieks wedder trüchkamen wull. Eenhunnertveerdig wiest de Tachometer.

Bi dat nächste Dörp nimmt Bernd dat Tempo wat trüch. Do steiht en grote Jung an de Stratenkant un winkt.

,,Na? Keen hebbt wi dar? Will he trampen? Kann he hebben. Denn liggt de Wagen beter, wenn he mehr Gewicht kriggt."

Bernd peddt op de Brems. Dull quitscht de Röd. De Wagen steiht. De Jung, jüst so olt as Bernd, kümmt na dat Auto ran.

,,Kannst du mi mitnehmen? Ik heff mien Bus verpaßt."

,,Wonehm wullt hen?"

,,Na Ellernstedt."

,,Stieg in. Ik fahr di hen."

,,Danke. Do heff ik Glück hatt. Un denn so 'n feinen Wagen! Nu kam ik wiß to rechte Tiet – Ik schall mi vörstellen, Klock twölv."

,,Da 's 'n Klax!" Bernd fahrt an. Gau löppt de Wagen mit hoge Turen.

,,Dunnerslag! De huult af!"

,,Is noch garnix. Paß mal op!" Bernd gifft Gas. Mit hunnertsößtig brummt de Wagen lank de Chaussee.

En beten benaut seggt de Fahrgast: ,,So dull bruukst du nich fahren. Wi kamt licht hen."

,,Ha", grient Bernd em to, ,,langsam fahren kann ik mit de

Schuvkar in uns Garden. So makt dat doch erst richtig Spaß."

Lütt Tiet seggt beide nix. Bernd hett de Oogen op de Strat, wo allns in 'n Suus vöröver flüggt. De Lehrjung, de nu utlehren deit un sik vörstellen schall, de hangt sien Gedanken na. Unverwahrens seggt he: „Ik möch ok 'n Vader hebben, de sik so 'n Wagen leisten kann, – – un de mi ok mit fahren lett."

Grotsnutig verklart Bernd, dat dat nich Vader sien Wagen is. De hett man blots so 'n lütten, liekers he sik tweemal so 'n grot Deert leisten kunn. Meerst Tiet löppt Vader to Fot un seggt, dat is gesund.

„Wat is dien Vader denn?" fragt neegeerig de Kumpel.

„Direktor bi de Bank."

„Huii! Denn hest Glück hat! Mien Vader is blots Arbeiter. – Aver 'n klare Kerl is he. Ik kann em mit allns kamen. Wi verstaht uns got."

„Kann ik nich seggen", kümmt minnachtig de Antwort. „ ‚Bernd, doo dat nich!' – ‚Bernd lat dat na!' – ‚Bernd, dat dörfst du nich!' – Dat hangt mi al lang to 'n Hals rut. Dat steiht mi bet hier!"

„Na ja, Order pareeren mutt ik ok. Anners gifft dat Rook in de Kök."

Buten an de Stratenkant fleegt de Böm vörbi. Eenen Wagen na den annern överhalt Bernd.

Na wedder en lütte Tiet seggt de junge Macker: „Ja, pareeren mütt wi all, so lang as wi jung sünd."

Patzig kümmt Bernd em trüch: „Ik will aver nich! De Öllern doot doch meerste Tiet, as weern wi lütte Melkgören."

„Nee, mien Vader nich. Ik kann allns mit em besnacken."

Bernd kiekt giftig na sienen Kumpel. „Snacken! Snacken! Wenn 't üm dat Snacken geiht, dat kann ik ok. Aver doon! Sülven wat doon, do gifft 't Larm üm! – Wat meenst, wat mien Vader preestern würd, wenn he von düsse Autofahrt wüss? – ‚Interesseer di leever för dien Böker,' - ‚schusst man leever Scholarbeiten maken!'"

Verbast kiekt de Junggast: „Wat? Du geihst noch to Schol?"

„Nich mehr lang. Ik schall Abi maken. Denn is Fierabend."

Verwunnert fragt de Jung wieder: „Wo olt büst du denn?"

Un as Bernd em seggt, dat he jüst achtein worden is, do meent he, dat Bernd sienen Föhrerschien erst frisch kreegen harr, – aver fahren dä he got.

Bernd sett en Grientje op. ,,Heff garkeen Föhrerschien!"

De Lehrjung verjagt sik. ,,Wat? Un denn mit Vullgas op de Landstrat? – Wenn kontroleert warrt?"

So welk Wör mag Bernd nich hören. Kotthandig wimmelt he em af. ,,Nu heff di man nich!"

,,Na ja, mi geiht dat nix an. För mi is de Hauptsak, ik kam to rechte Tiet na Ellernstedt. – Ik kann dar Stellung kriegen as Autoslosser."

Bernd gifft bi un snackt nu wedder. ,,To de Arbeit harr ik ok Lust to. Aver mien Vader wull mi anners wat, wenn ik em mit so wat keem. – Ik schall studeeren."

Bernd argert sik wedder mal, dat nich allns na sienen Kopp gahn schall. Do gifft he noch mehr Gas un hett nu Tempo hunnertachtig fat.

,,Du, fahr nich so dull. Wi kamt licht hen. – Wokeen hört de Wagen?"

Bernd lacht al wedder un vertellt, dat he mit den Bäckermeister sien Wagen utneiht is.

Bedripst is de anner junge Mann. ,,Hm, – du mußt dat ja weten. Ik würd so wat nich doon!"

,,Bangbüx! Keen Courage?"

,,Nee, nee! Hett do nix mit to kriegen. – Wenn mal wat passeert?"

,,Mi passeert nix. Do paß ik för op."

,,Du – nu lat dat blödsinnige Jagen! Kiek di den Tachometer an!"

,,För so 'n Tempo is de Wagen buut. Do liggt he erst richtig op de Strat."

,,Minsch! Nich so scharp in de Kurven! Ik rusch ja meist von den Sitz dal."

,,Holl di fast. – Haha, büst bang?"

,,Quatsch! – Du fahrst unvernünftig."

,,Pöh! Ik will di wiesen, wat de Wagen kann!"

Nu halt Bernd ut den Wagen rut, wat de man hergeben kann. Wedder kümmt en Kurve na rechts. Bi dat hoge Tempo krängt de Wagen ut Spor un op de anner Fahrbahn rop. Jüst do kümmt dar en Auto. Bremsen kriescht, de Röd schreet op.

Knall un Krachen. Dat scheppert un prasselt. De beiden Autos sünd frontal tosamenprallt.

Dodenstill it dat nu op de Strat.

Wo lang? Woveel Tiet is vergahn?

De Lehrjung stöhnt. Bernd rögt sik. „So -'n Mist! – – Du! Fehlt di wat? Segg! Is di wat passeert?"

„Nee, ik – ik glöv nich. Bün blots benüsselt."

„Gottloff!" flustert Bernd. He makt sik los achter dat Lenkrad, dat em inklemmt hett. Glassplitter hebbt em dat Gesicht tweisneeden. He blött dull. Beide hebbt ehr Möh, ut dat Auto ruttokamen.

De junge Autoslosser kiekt sik den Wagen an. He seggt blots een Wort: „Schrott!"

Bernd hört nich na em. He torkelt na den annern Wagen. Do rögt sik jümmer noch nix. „Hallo! Hallo!"

Beide junge Lüd kiekt na den Wagen rin. De Schrecken flüggt ehr an. Se künnt sik nich rögen.

„Du, Bernd, – de Mann – de is, de is dod."

En Schree hallt över de Strat, en Schree so gruglich, as weer he ut 'n Afgrund kamen. „Nee! Nee! Nee!" Bernd verleert all sien Besinnen. Jümmer wedder schreet he: „Nee! Nee!"

In sien Biesternis löppt he weg, stöltert över den Acker, jümmer wieder op dat Holt to.

„Bernd! Bernd! Bliev hier! Du dörfst nich wegloopen! Kam trüch!"

Bernd is ut de Reeg, weet nich wat he deit. He löppt weg. Wiethen gellt sien Ropen: „Nee! Nee!"

De anner junge Mann weet keen Help. Bevern steiht he dar, he bevert na den Unfall un na den Schreck. Sien Oogen hangt an Bernd, de jümmer wieder löppt. „Ok dat noch! Fahrerflucht!"

*

Lat an den Nameddag kümmt Bernd na Huus, randvull Unroh un Angst. Lang is he rümbiestert. Denn hett he sik de Stirn wuschen bi en Beek, is in 'n Bagen üm de Stadt rümgahn, över den Snittweg bi de Koppeln un dörch den Gorn kümmt he an de Achterdör. Liesen drückt he de Klink dal. De Dör gnarrt. He will heemlich de Treppen hoch na sien Stuv.

De Moder hett em hört. Se lustert lang al op elkeen Luut un

tövt op em. Glieks kümmt se ut de Stuv un süht den Jungen an, dat wat schehn is.

,,Bernd! Wat is passeert?"

De Jung will an ehr vörbi na baben. De Moder höllt em, will nix as helpen. In de Badstuv wascht se em de Snittwunnen.

,,Du hest di dull sneden, – – Glasspleten?" Gerda Hagemann verjagt sik dull. ,,Bernd! Büst du wedder Auto fahrt? – Hest du 'n Unfall hat?"

Bernd nickköppt. He weent dull un will sik bargen in Moder ehr Arms.

,,Du grote unvernünftige Jung! Eenmal hest du al Straf kregen. Du makst di sülven dat Leven swar." Anners keen Klagen von de Moder. Se spört, de Jung bruukt erstmal Help. Nu fragt se em na allns. Bernd is jümmer noch verstörrt. Man stückwies kümmt de Wahrheit vörtüg.

,,Büst gegen 'n Boom fahrt?"

Bernd schüttkoppt. Sien Weenen warrt leeger.

,,Kam, mien Jung, vertell mi allns. So leeg kann nix wesen, dat du dien Moder nich vertellen kannst. – Büst du mit en anner Auto tosamenstött?"

He nückt.

,,Jung! Is anner Lüd wat passeert?"

De Jung swiggt.

,,En sware Unfall?"

Allns brickt nu ut den Jungen rut, sien Angst, sien Not. He wiest, wo leeg he mit sik sülven steiht un keen Help mehr weet. ,,Een – een – een is dot!"

Gerda Hagemann slütt de Oogen. Se kann sik nich rögen. Ehr Gesicht is fahl un wiest keen Leven. Se kann keen klare Gedanken faten. Veel Biller staht vör ehr Seel, – von Bernd as lütte Jung, de do al swar to nehmen weer, – von den groten Jung, de so licht ut Spor keem, wenn nich allns na sienen Willen gung. Wo faken müß se stüern as Moder mit veel Gedür. Un do sleit Gerda Hagemann de Oogen wedder op. Se weet, nu bruukt de Jung noch veel, veel mehr Help as to anner Tiet. Ehr eegen Not un Sorgen dwingt se dal, – wo schall se den Vader nahstens vertellen? Wat kümmt nu to op den Jung, un op de Öllern? De Moderhand strakt den Jung över dat Haar.

,,Du hest en grot Dummheit makt, mien Bernd. Do mußt du nu vör instahn. Du büst al achtein Jahr olt. Wat ok kümmt, du mußt dat drägen. Aver du steihst nich alleen, – du hest Vader un mi. Un glöv mi dat, Bernd, uns Herrgott leggt nümms mehr op de Schullern, as een ok drägen kann!" So versöcht de Moder den Jungen still to maken.

Bi de Huusdör warrt klingelt.

,,Wees man ruhig, mien Jung".

Gerda Hagemann geiht dal. Ehr Gedanken sünd bi ehrn Mann. Wo schall se em dat allns vertellen?

Twee Polizeibeamte staht vör dat Huus.

,,Fruu Hagemann?"

,,Ja, – – Polizei?"

,,Wi kamt von de Verkehrspolizei. Is se ehr Söhn Bernd tohuus?"

,,Ja, ja, is he. He is jüst kamen."

,,Se weten al?"

Trurig nickköppt Fruu Hagemann. ,,Bernd hett mi allns vertellt."

,,De Vörfall is to beduern, Fruu Hagemann. Dat süht leeg ut för den Jungen. En frömd Auto, keen Föhrerschien, gegen de Regeln fahrt, Unfall. In den annern Wagen hett dat een Handelsvertreder dat Leben kost. Ok noch Fahrerflucht."

Fruu Hagemann stamert: ,,Dat is toveel för em, – för uns. Hebbt se – en Haftbefehl?"

Fründlich un mit Beduern för de Fruu antert de Polizeibeamte. ,,Nee, Fruu Hagemann. Haftbefehl hebbt wi nich. De warrt ok nich nödig wesen. Aver Bernd mutt mit uns kamen to vernehmen."

,,Nee, nee!" wehrt Gerda Hagemann af. ,,Nu noch nich! Lett sik dat nich verschuben? Jüst nu bruukt he mi, bruukt de Jung sien Moder!"

Miteens pultert Schräd op de Trepp. Bi Bernd in al sien Not brickt jüst nu de Unroh dörch. ,,Moder! Smiet dien Wörd nich weg! Mit 'n Schandarm kannst du nich snacken as mit anner Lüd! De Polizei freut sik doch, wenn se een verschütten kann. Do warrt se för betahlt!"

,,Betähm di, Jung! Du makst allns noch leeger."

,,Leeger? Leeger kann nix warrn. Pech heff ik hat. Lett sik nix an ännern. För so wat hebbt de groten Lüd de Gesetze makt."

De Beamten leggt Bernd sien Wörd nich op de Wagschal. Se snackt em to, he schall keen Ümstänn maken.

Bramstig lacht de Jung. ,,Ümstänn? Nee, den Gefallen doo ik de Polizei nich. Haha! Ik gah freewillig mit. – Nich anfaten, segg ik. Ik lat mi nich anfaten!" Denn miteens is de Jung as utwesselt. He klammert sik an de Moder un weent. ,,Moder, help mi doch! Ik bün bang, lat mi nich allen!"

De Beamten sünd gedürlich to töven, bet Bernd sik faten kann. Denn gaht se mit em na dat Auto. De een Beamte gifft Fruu Hagemann de Hand.

,,Dat deit uns leed, Fruu Hagemann. Aver allns geiht nu sienen Gang."

*

De Verkehrspolizei hett Bäckermeister Klöß de Nahricht geven von den Unfall. Erstan kümmt de Meister dull in Raasch. Nu lacht he sik in de Fuust. Op un dal birst he in de Stuv, he överleggt sik allns. Nu will he den Bankdirektor anners kamen. Sien schöne, düre Wagen, – Schrott! Schad üm em. Aver he will woll eenen niegen Wagen kriegen, nich op eegen Kosten. Dat versteiht sik, ja, den schall de Herr Bankdirektor betahlen. Klöß kümmt dat fein to paß, daß Hagemann sien Söhn de Schuld hett an allns.

Meern in de Stuv blifft Klöß stahn. He snackt mit sik sülven. ,,Ha! Von den Schandal schall de Herr Direktor nich von anner Lüd to weten kriegen. Nee! Den Spaß will ik hebben! Ik stek em dat sülven to, – opstäd."

Klöß wählt de Telefonnummer von de Bank, lett sik mit Hagemann verbinnen.

,,Hier Klöß, Bäckermeister Klöß! – Ik will nu gern mit se in 't Reine kamen, Herr Direktor. Se hebben mi hüt morgen seggt, ik schall den Kredit afdecken, – man nich? Möglichst bald, – weer 't nich so? – – Na also, denn heff ik se ok richtig verstahn."

So snackt he fründlich un luern mit Hagemann. Miteens warrt sien Stimm hart un kolt as Ies.

,,Un nu hören se mi got to, Herr Direktor. Ik förrer se op, DM 14 000,– – op mien Konto to betahlen, – ut ehr eegen Dasch, versteiht sik. Över den Rest warrt wi eenig."

Direktor Hagemann versteiht erstan nich, wat de Bäckermeister von em will un wat he meent. Aver Klöß bullert wieder un kümmt mit sienen Truf vörtrüg.

,,Se weten sachts dat Neeste nich, Herr Direktor? De heele Stadt is al von vull. Se ehr Söhn hett mien Auto in Grus un Mus fahrt! Schrott! Totalschaden! – Wat seggen se nu? – – Garnix? –. – Nee, nee, dat is keen Märkenvertellen, dat is de reine Wahrheit. De Polizei weer al bi mi, – un warrt bi se bald kamen. Aver dat is dat leegste nich, Herr Direktor. Ik will se dat man künnig maken. Anners verjagt se de Polizei mit ehrn Bericht. Sitt se ok fast op 'n Stohl, Herr Hagemann? Dat kunn se ümsmieten. Ehr Söhn hett eenen dotfahrt! Hett he! Un denn – – hallo? Hallo? - Afhangt hett he. Na lat em. Nu hett he wat to slucken."

Klöß leggt den Hörer op de Gavel un grient, tofreden mit sik sülven.

,,Vader, wat hest du daan?" Gesine steiht achter ehrn Vader. ,,So kenn ik di nich. So heff ik di ni belevt."

Verfehrt dreiht Klöß sik üm. He stiert sien Dochder an, de neeg bi de Dör steiht.

,,Du, du spioneerst mi na?"

,,Nee, Vader, doo ik nich. Ik bün jüst na Dör rinkamen. Do heff ik dien letzt Wörd noch hören mußt. – Vader, deit Hagemann di nich leed?"

Hart warrt dat Gesicht von Bäckermeister Klöß. He hett sik wedder in de Gewalt. ,,Leed doon? De mi? Nee! He hett mi den Bankkredit kündigt. He seggt, ik kann nich richtig mit Geld ümgahn. So speelt he sik op, de toreiste vörnehme Herr."

Gesine versteiht den Vader nich. He wiest ehr wat, wat se bi em nich kennt. Dat makt ehr bang. Verschüchtert fragt se: ,,Vader, – hest du – hest du keen Hart?"

Klöß warrt groff. Verhören lett he sik nich. Un he föhlt sik lütt vör sien eegen Dochder. Dat verstekt he achter pulterige Art. ,,Wat fallt di in, du dumme Gör! Snackt en Kind so mit sienen Vader?"

,,Vader, söbentein Jahr bün ik olt. Ik bün keen Kind mehr." Klöß fallt sien Dochder in 't Wort. Se tellt man as Kiekindewelt un se versteiht von nix wat af. Un he wahrschuut Gesine, se schall sik nich för Hagemanns insetten. Anners schall se dull wat beleven.

Trurig kiekt Gesine ehrn Vader an. Se wahrt ehr ruhige un faste Art. Klar süht se den Vader in de Oogen.

,,Von all junge Lüd, de ik kenn, gefallt mi nüms so got as Bernd Hagemann. Dat schasst du weten, Vader."

Dull warrt Klöß mit de Deern. Em paßt dat nich in sien Konzept. Gesine blifft bi ehr Meenen.

,,Jüst nu bruukt Bernd Hagemann anner Minschen, de to em staht."

Patzig kümmt ehr de Vader. ,,Wat versteihst du al von de Minschen, – du Küken! Slag di den Hallodrie bitieden ut 'n Kopp, anners help ik na. Denn schasst du mi kennen lehren, – aver von een anner Siet!"

,,De hest du mi effen wiest, Vader, as du telefoneeren däst. Dat Bild, dat ik bet nu von mien Vader harr, dat is tobraken. Nu stah ik jüst to Bernd Hagemann. He bruukt Frünnen."

Gesine ehr Kraft ist to Enn. Ehr kamt de Tranen. Se löppt rut. Klöß steiht benaut, kann sien Dochder nich verstahn. He meent, he mutt scharp oppassen op de Deern.

*

Detlef Hagemann sitt tohuus an sienen Schrievdisch. Deepe Falen hett he in 't Gesicht. Is he üm Jahren öller worrn in de paar Daag? Wedder un jümmer wedder lest he den Breef von den Afkat, de nu na den Unfall för de Wittfruu mit twee Kinner heel veel Geld föddert. He kennt sik ut mit Gesetze, de Bankdirektor. Do weet he, dat he as Vader nich intostahn bruukt für sienen Söhn, de al achtein Jahr olt is. Aver kann he den jüngsten Söhn versacken laten? För lange Tiet, för twintig, dörtig Jahr, vellicht för sien Leben lang sitt denn Bernd mit an.

Hagemann nimmt en Blatt Papier to Hand un fangt an to reken. Jümmer wedder ännert he de Tallen un kalkuleert mit sien Geld, mit den Wert von sien Huus, dat he körtens erst köfft hett hier in de Stadt.He berekent de Kosten för sien eegen Leben un de Kosten för dat Studium von sien beide öllern Kinner Reinhard un Elsbe. Ümmer nochmal vergliekt he allns, striekt hier un dar wat af. Wahrhaftig, em blifft nich veel, wenn he för Bernd instahn will. Un dat geiht blots, wenn sien Fruu un Bernd sien Broder un sien Süster mittrekken wüllt.

Möd steiht he op un röppt sien Fruu na de Stuv rin, wiest ehr sien Bereken.

Gerda fat de Hand von ehrn Mann. „Detl, du deist mi so leed."

„Lat got wesen", seggt Hagemann. „Du un ik, wi hebbt uns nix versehn. Worüm uns Bernd so is? Do gifft de Verstand keen Antwort op."

„Veel Leev bruukt wi för em. Sien Leben fangt erst an."

De Mann nickköppt. „Wi wüllt em nix fehlen laten, wi beide. – Hier heff ik Kosten un Innahmen gegenöver stellt. De Tallen wiest, wat op uns tokümmt. Düsse Tall, de drückt uns swor. Dat is dat Geld för de Wittfruu un ehr Kinner, – Jahr för Jahr, bet de ehr Kinner ranwussen sünd un sülven verdeent. – Klöß sien Auto, dat sünd veerteindusend Mark. Dat Geld heff ik vörweg betahlt. Ik wull em mangut hebben. He is en Griesen."

Posten för Posten verklart Detlef Hagemann sien Fruu un wiest ehr na, dat sien Gehalt alleen nich langt. Schall Bernd holpen warrn, denn mutt he dat Huus verköpen.

„Meist twintig Jahr hest du spart op dat Huus", seggt duersam de Fruu, aver Hagemann wehrt af. He will klar un nüchtern fastleggen, wat nödig is. Em kümmt anners wat veel harder an as dat Huus verköpen. Von sien Gehalt kann he tokummst nich dat Geld opbringen för dat Studium von Reinhard un Elsbe. Dat drückt em dal.

„Ik heff an beide schreven. Na mienen Vörslag schall Reinhard wieder studeeren. Dat geiht aver blots, wenn Elsbe opgifft un wat verdeent. En anner Weg is nich to finnen."

„Ja, mien Detl, ik bün inverstahn mit allns, so, as du dat mennst. Du weest, ik stah to di. Nu kümmt dat op Reinhard un Elsbe an."

„Ik dank di, Gerda. De Kinner warrt hüt Nameddag kamen, so as an jede Sünnabend. Do höllt se nix in de grote Stadt, un nu al garnich. Wenn Reinhard un Elsbe uns verstaht un se wüllt Bernd un uns helpen, denn will ik sehn, dat ik mi mit den Afkat von de Fruu verglieken kann. Bi Bernd is för lange Tiet nix to halen. He is to jung un hett noch nix lehrt. Do warrt den Afkat un sien Mandantin een faste Bedrag von mi leever wesen as vörerst nix von Bernd. Un hüt kann keeneen weten, wat sik bi Bernd na Jahr und Dag geven warrt."

An den Nameddag kamt Reinhard und Elsbe ut de Universitätsstadt in dat Öllernhuus. Nix kunn ehr afhollen, nu, wo se Vader un Moder un ok Broder Bernd in Not un Sorgen weet.

De Öllern sitt nu mit de beiden üm den runden Disch in Hagemann sien Arbeitsstuv. Reinhard nückt noch mal de Süster to. Denn blickt he free sienen Vader an.

,,Elsbe un ik wüllt helpen, so got as wi künnt. Dat hebbt wi al afmakt. Wi meent ok, de Familie hört tosamen." Keen leeg Wort fallt gegen den jüngern Broder. ,,Aver wi beiden hebbt eenen annern Vörslag, Vader, as du uns schreven hest."

Reinhard vertellt de Öllern, wat he un sien Süster allns besnackt un bedacht hebbt un wo de beiden to 'n annern Vörslag kamen sünd. Wat kann Elsbe al veel verdeenen, – ohn Lehrtiet, ohn Steno, ohn dat se Schrievmaschin schrieven kann? Ok as Deenstdeern in en Huushalt bringt dat nich veel. Do is dat beter, wenn Elsbe wieder studeert op ehrn Scholmeister un Reinhard söcht sik Arbeit as Topleger op 'n Buu. Dat warrt hoch betahlt na den Tarif. Wohnen will Reinhard bi Grotmoder in de Stadt. Do bruukt he nich veel Geld to leven un he kann düchtig wat togeven für Elsbe ehr Studium.

,,Ja", seggt Elsbe, ,,wenn ik denn fardig bün mit Studium un heff mien Anstellen as Lehrerin, denn kann ik Reinhard tostüern, dat he sien Studium wedder opnehmen kann."

Gerda Hagemann staht Tranen in de Oogen. Ehr Lippen flustert: ,,Gott sien Segen mag ju danken."

Detlef Hagemann gifft Söhn un Dochder de Hand. ,,Ik dank ju von Harten. Ji gevt mi Tovertruen un Kraft."

In de tokamen Daag eenigt sik Direktor Hagemann mit den Afkaten von de Wittfruu. He betahlt den Schaden för den Vertreder sien Auto an de Versekerung un he annonceert, dat sien Villa to verköpen is.

*

Dicht an dicht drammt sik de Tohörers in den Verhandlungssaal bi dat Jugendgericht. All sünd liek neeschierig, luert op Spektakel un Sensatschon. Männich een is extra anreist von de lütte Stadt na de Kreisstadt, üm den Termin to beleven. Hüt warrt gegen Bernd Hagemann verhannelt. De Reporter von dat Lokalblatt in de lütt Stadt sitt vörn in de erste Reeg. Mit fleegen Hand schrifft he in Steno mit, wat de Richter, de Staatsanwalt, de Verteidiger und Bernd Hagemann to seggen hebbt. So 'n gode Stoff för en sensatschonellen Bericht hett de Reporter nich all Daag. Do mutt he örnlich wat von maken för sien Blatt. De Utgav warrt denn ok got verköfft.

Blangen bi den Reporter sitt Bäckermeister Klöß, breet un deit wichtig, as weer he de Hauptperson. All Oogenplink schuult he na den Redakteur un kiekt, wat de ok düchtig mitschrifft. „So is recht", flustert he em to. „Schriev man düchtig. All Lüd mütt to weten kriegen, wat de Hagemanns för 'n ‚feine' Familie sünd."

De Schuldfragen sünd klar bi den Fall Hagemann. Aver een Överraschen hett dat al geven. Dat weer, as de Richter künnig mak, worüm dat Jugendgericht tostännig wesen schall, liekers Bernd Hagemann al achtein Jahr olt is. Bernd hett sik so labil wiest in de Haft, do hebbt de Lüd bi dat Gericht seggt, em fehlt de Kraft för vull Verantworten. Mal weer he heel verschüchtert, harr weent un jammert. Denn wedder weer he opsternatsch, ramenteer, wull rut, harr schimpt un schafutert mit all de Beamten.

Nu warrt de Tügen vernahmen. Gesine Klöß warrt opropen. De Wachtmann halt ehr. All Tohörers reckt den Hals.

Gesine Klöß kümmt langsam in den Saal rin – mit seeker Schräd. Se kiekt nich rechts, nich links. Klare Antworten gifft de junge Deern bi elkeen Frag von den Richter. Nu mutt se vertellen, wo dat to de Autofahrt kamen is.

„Stehlen wollte also der Angeklagte den Wagen nicht?"

Gesine kiekt verwunnert den Richter an. „Stehlen? Nein, – das würde er nie getan haben."

De Richter fragt nu, wo dat wieder güng.

„Ich weigerte mich, einzusteigen. Aber plötzlich saß er am Lenkrad und fuhr los."

„Hatten Sie Furcht? Sind Sie deshalb nicht mitgefahren?"

„Nein, Herr Richter. Furcht hatte ich keine. Aber Bernd hatte mir einmal erzählt, daß er wegen unerlaubten Fahrens eine Strafe erhielt. Deshalb wollte ich ihn davon abhalten."

,,Sie wußten also, daß der Angeklagte labil ist?"

,,Ja, Herr Richter. Aber ich kenne ihn gut. Ich weiß, welch guter Kamerad und Mensch er ist, – – trotz seiner Dummheiten mit Autos."

Düsse Wörd wiest de Richter trüch: ,,Na, dieses war wohl mehr als eine Dummheit. Sie hat einem Menschen das Leben gekostet!"

,,Leider ja, Herr Richter. Ich glaube trotzdem an ihn. Ich sage das, weil er mich hören kann. Mein Freund Bernd soll es wissen. Und ich – ik segg dat ok hier vör Gericht, wo mien Vader mit bi is – ik stah to Bernd Hagemann! Eendoont, wo hoch he straft warrt. – Bernd Hagemann kann sik op mi verlaten. Ik töv op em."

De Richter wunnert sik över de Wörd von de Deern, över ehr faste un klare Art. Aver he gifft to bedenken: ,,Aver, lütt Deern, do hett de Vader sachts ok wat bi to seggen. – Se sünd nich münnig!"

Heel geruhig blifft Gesine. Free kiekt se den Richter an. ,,Ik weet, Herr Richter, – un ik verget dat ok nich. Aver bald heff ik dat Öller fat. – Mien Vader schall keen Kummer mit mi hebben. Aver, – en Vader kann sien Dochder nich vörschrieven, wat se denken schall un wat nich. As de Unfall künnig würd, do hett mien Vader sik wiest, as ik dat nich vermoden weer. Dat kann ik nich vergeten. Un nu stah ik to Bernd Hagemann. He bruukt Frünnen, jüst nu!"

Den Richter rögt de true Fründschop, de de Deern för den Angeklagten wiest. He weet, wo faken Gesine in letzt Tiet Bernd besöcht hett, woveel Roh ehr Art den Jungen geven hett. De Richter nückt ehr to un seggt op Platt: ,,De Tiet warrt ju woll helpen."

Lang mutt dat Gericht beraden. Denn kümmt dat Urdeel.

> ‚Im Namen des Volkes'
>
> ‚Der Angeklagte wird zu vier Jahren Jugendstrafe verurteilt.'
>
> ‚Die Zeit der Untersuchungshaft wird auf das Strafmaß angerechnet.'

De Termin is slaten. All Tohörers sünd von Stöhl un Bänke hoch. Dull brabbelt de Stimmen dörchenanner. De een meent, veer Jahr, dat is en lange Tiet. Een anner meent, dat harr Gefängnisgeven schullt un nich blots Jugendstraf. Över allns weg is Bäckermeister Klöß sien Stimm to hören.

,,So wat! Weerst di dat vermoden? Hett de mal gothardige Richter hat. Gefängnis harr de Musjöh verdeent! ,Labil' hebbt se seggt! Denn mütt wi uns woll an den Vader hollen. Hett de sien Plicht daan, hett he oppaßt op den Söhn? – Un so wat is in unse Stadt!"

*

Brummbastig kümmt Bäckermeister Klöß na Huus. Heel untofreden is he mit dat Urdeel bi Gericht. Na sien Meenen harr de Musjöh veel harder straft warrn mußt. Tominnst Gefängnis un nich Jugendstraf. Un de Vader is veel to licht von afkamen. Garnix hebbt se em anschünnt. De hett doch de Schuld, wenn sien Jung so 'n Tög makt. Do hett he för intostahn.

,,Aver lat man", snackt Klöß mit sik sülven. ,,Den krieg ik fat!"

He kann den Bankdirektor dat nich vergeten, dat de em wegen den Kredit angahn is. He will em dat wiesen. Un de Bäckermeister markt nich, dat sien eegen Dickdoon em in den Weg steiht, üm allns ruhig un vernünftig to bedenken. Nee, he hett sik argert un he will sik argern. Un so, as he dat süht, hett Direktor Hagemann de Schuld. He will em dat wiesen.

In sien Stuv hett Klöß glieks dat Telefonbok in de Hand. He söcht de Nummern rut von all Handwarkslüd in de Stadt un schrifft ehr op 'n Blatt Papier. Ok de Ropnummern von de Kooplüd schrift he to, wenn he de Lüd got kennt. Un nu geiht dat los. He sitt in sien Armstohl an 'n Schrievdisch un wählt de erste Nummer. Mit sien Frünnen ut den Kegelklub fangt he an. All Liddmaten sünd Handwarker, – Slachter, Klempner, Snieder, Discher un anners welk.

,,Goden Dag, goden Dag! Hier Klöß, Bäckermeister Klöß. Du, hest al hört? Hüt weer Termin gegen Bankdirektor Hagemann sien Söhn. – Ja, ik weer dar, bün jüst wedder kamen. Weest wat rutkamen is bi dat Urdeel? – – Dat radst Du nich. – Meist nix! För de Katt is dat. Nich mal Gefängnis, blots Jugendstraf! Is dat nich dull? – Ja, de Jung is noch ,labil' hett dat Gericht seggt. Du, un ik segg: wenn de Jung noch nich to de Groten tellt warrn kann, denn hett de Vader de Schuld. Meenst nich ok? – – Sühst du! Un do segg ik: so 'n Direktor mit so 'n Familie, den künnt wi hier nich bruken. De hört nich in uns Stadt. Wat meenst, schullen wi nich allemann an de Direktion von de Bank schrieven, dat wi Hagemann hier nich hebben wüllt, – dat de Direktion em wedder weghalt, aver bannig gau? – Wullt du ok so 'n Breef schrieven? Ja, ik doo dat för wiß, – noch hüt! – – Ja, fein, wat du mitmaken deist!"

De Hörer flüggt in de Gavel. Vergnögt rifft sik Klöß de Hannen. He hakt den Namen af op sien List. ,,Dat weeer Nummer een!"

Un wedder wählt Klöß de Tallen. Över veertig Handwarkslüd un Kooplüd röppt he an. Un de meersten makt mit, wat Klöß verlangen is. So organiseert Bäckermeister Klöß de Breev, üm gegen den niegen Bankdirektor to protesteeren, de sik üm Kredite un Sekerheiten kümmert. – Untofreeden Lüd un gode Frünnen lat sik licht mal ophissen, wenn een figelinsch tokehr geit.

*

Dat Lokalblatt bringt en grote Bericht över Bernd Hagemann un dat Urdeel bi Gericht. De Reporter hett en Meisterstück von makt. Dicke Överschrift över de ganze Siet von dat Titelblatt, opplustert sünd de Texten. Op de jungen Lüd von hüt geiht dat sünners dal. Aver över den Vader, de Familie, bringt de Bericht keen Wort. Mit de Bank un ehrn Direktor will de Redaktion sik nich gern anleggen.

Dat Blatt geiht von Hand to Hand in de lütt Stadt. Un de meersten Lüd gevt dat, wat se lest hebbt, as ehr eegen Meenung ut. ,,Ja, ja! de jungen Lüd von hüt!" So warrt dat wiedergeven von Huus to Huus. Von veel Lüd warrt översehn, dat de Reporter ok heel gode Wörd över Gesine schreven hett, de ok mit tohört to de jungen Lüd von hüt.

,,Na? Hest den Bericht al lest?" fragt Bäckerrmeister Klöß sien Dochder. ,,Den schaßt di man to Kopp nehmen, den Bericht. Dar kannst sehn, wat düsse Bernd Hagemann dögt. – Garnix dögt he!"

Gesine gifft ehrn Vader keen Antwort op de Frag. En Antwort weer Klöß ok sachts nich vermoden. Siet Weken al reageert de Dochder nich, wenn de Vader watvon de Hagemanns seggt. Still un gedürlich sorgt se för den Vader un för den Huusstand. Aver keen Wort, wat nich nödig deit, kümmt ehr över de Lippen. De Vader is ehr frömd worrn. All ehr Gedanken rankt sik üm Bernd un ok üm Fruu Hagemann. Se kann dat naföhlen, wat Bernd sien Moder dörchtostahn hett. Un se lengt na ehr eegen Moder, de so fröh al gahn müß na sware Krankheit. Jüst nu fehlt se ehr, wo se den Vader nich verstahn kann. Un do kümmt ehr de Gedanke, se will Bernd sien Moder besöken.

En paar Dag later, op den Nameddag von enen Sünnabend, makt Gesine sik op den Weg. As se bi Hagemanns klingelt, deit Elsbe de Dör op. Se hett düsse Dag veel Sorgen üm ehr Moder. Fruu Hagemann hett sik dat veel Beleven un de Unroh ut letzte Tiet to Hart nahmen. Se föhlt sik nich got. Do lett Elsbe keen free Stunn ut, üm bi ehr Moder to wesen.

De beiden jungen Fruunslüd staht sik gegenöver, Gesine nu effen achtein Jahr olt worrn, Elsbe is dreeuntwintig. Stillwies kiekt de jungen Minschen sik an. Denn seggt Gesine: ,,Goden Dag. – Ik bün Gesine Klöß".

,,Ik weet. – Goden Dag".

,,Ik möcht gern Bernd sien Moder besöken."

,,Mien Moder geiht dat nich got. Dat is nich de rechte Tiet, üm Besök to hebben."

So licht lett Gesine sik nich afwiesen.

,,Frölen Hagemann, wi weet beide, wo dat üm geiht. Jüst dorüm möcht ik Bernd sien Moder besöken."

Elsbe sinnt na över de Wörd. ,,Ik verstah di. Du denkst sachts anners as dien Vader. Hier, mien Hand, kam rin, Gesine. Gah sitten för 'n Oogenplink. Ik will uns Moder Bescheed seggen."

Fruu Hagemann wehrt af. Se möcht alleen wesen. Ehr is nich na Besök to Mot.

,,Is netten Besök, Moder, – ik lat em rin."

Gesine kümmt na Stuv rin. Mit klare Oogen blickt se Gerda Hagemann an. De gifft de junge Deern de Hand, Gesine höllt ehr fast, – seggt nix.

,,Frölen Klöß? Se hier? – Wörum dat?"

Slicht un eenfach seggt Gesine: ,,Wegen Bernd."

Gerda Hagemann schüttkoppt. ,,Se meenen dat got. Aver

Wörd künnt nich helpen, de rögt blots op, Frölen Klöß."

,,Bitte, seggen se ,Gesine' to mi. Ik will dat nehmen as Geschenk."

De Moder wunnert sik över Gesine ehr Art un ehr Wörd. Se geiht op de Deern in, von de se al so veel Godes hört hett.

,,Worüm büst du kamen, Gesine?"

,,Danke, Fruu Hagemann. Ik will keen Wörd verleeren över Unglück oder Schuld. Ik will nich von de Not spreken. Nee, ik möcht Bernd sien Moder seggen: ik glöv an em! Ik stah to em! – He warrt sik fangen na düsse Tiet. Do glöv ik fast an. Un dat will ik sien Moder gern künnig maken."

Gerda Hagemann is beindruckt von de Kraft, de von de junge Deern utgeiht. Se spört den ehrlichen Willen un de Wahrheit bi de Deern. Fast drückt se Gesine de Hand.

,,Ik dank di, Gesine. Du kannst nich weten, wat dien Wörd mi geven doot."

En frame Schien steiht üm Gesine ehr Gesicht. ,,Ik glöv doch, – – 'Moder' Hagemann. Jüst dar bün ik üm kamen."

Elsbe fragt mit lies Verwunnern: ,,So fast glövst du an mienen Broder?"

,,Ja, Elsbe, doo ik. Ik bün sien Fründin. Ik kenn em anners, as Moder un Süster em kennt. Bernd hett mi veel vertellt in de letzt Tiet. Tweemal in de Week heff ik em besöcht. Allns hett he mi vertellt, von sien Angst, sien Sorgen, wat em bewegen deit. Do weet ik von, dat he gegen sien Unrast angeiht un dat he klar kamen will mit sik sülven."

De dree Fruuns hebbt sik veel to vertellen, de Moder, de Süster, de Fründin. Un Gesine ehr klare Art lett de Oogen von de Moder blanker warrn.

,,So fast glövst du an mienen Jungen?"

,,Ja, Moder Hagemann. Ik stah to em. Un ik weet, dat kann em helpen. Dat gifft em Mot. He warrt sik finnen."

Gerda Hagemann falt de Hannen. ,,Ik geev mi still in uns Herrgott sien Hannen. Ik beed to em, dat he uns helpen mag in sien grote Gnad."

Liesen, aver fast, seggt Gesine: ,,Vertruen op Gott, – dat is nich nog."

Düsse Wörd verjagt Gerda Hagemann. ,,Deern, wat seggst du dar?"

Gesine blifft geruhig. ,,Ik meen dat so, Moder Hagemann:

Uns Herrgott will, dat wi uns Deel bi doot. Dat is Gott von uns verlangen. Wi schüllt doon, wat wi künnt. Denn helpt uns ok uns Herrgott."

„Ja, so hest du recht, du sunnersame Deern. Du hest en Art to snacken. Bi dien Art warrt een still un vertruen. – Wo findst du so fiene Wörd?"

En rode Schemer flüggt Gesine över de Backen. „Do bruuk ik nich natodenken. Nu Bernd in Not steiht, nu weet ik dat: – Ik heff em leev! – – Nu is allns seggt. Ik mutt nu gahn!"

Gau steiht Gesine op. Se is verlegen, wiel se ehr Binnerst wiest hett. Mit flinke Schräd is se to Dör rut un verlött dat Huus.

Een Tietlang is dat still in de Stuv. Elsbe leggt ehrn Arm üm de Schullern von ehr Moder.

„Moder, meenst nich ok? Bernd kann von Glück seggen, dat he so eene gode Deern funnen hett."

*

Von den Karktorn dal sleit de Klock, all Vierdelstunn sweevt en helle Ton över de lütte Stadt. Denn kümmt mit swaren Slag de deepe Klang, de vulle Stunnen künnig makt. So geiht un sleit de Klock bi Dag, bi Nacht. Se deelt de Tiet för all de Minschen. Aver se sülven, de Tiet, se quält sik nich üm Freud un Sorgen bi de Minschen, ehrdem nich un nich in tokamen Tiet.

Stünnen hangt sik an Stünnen. Daag un Weken vergaht, ümmer wieder in den glieken Törn.

De Bericht von den Reporter över Bernd Hagemann, de is nu al wat oles, bi de meersten Lüd meist vergeten. Jedereen hett mit sik sülven nog to doon.

Deeper geiht Klöß sien Wark. Bi de Direktion von de Bank bringt de Post männicheen Breef, – all övereen, blots schreven mit verschieden Wörd: De niege Direktor paßt nich in de lütte Stadt.

De Direktoren in de Zentrale sünd den Ümgang mit Minschen wennt. As Banklüd seht se scharp un nüchtern. Se seht, wat seggt un schreven is, se erkennt aver ok, welk Wünschen un wat för 'n Ansinnen de Schrieverslüd de Hand föhrt hett.

All Breev mit Protest un Bedenken, de Bäckermeister Klöß bestellt hett, künnt dat Ansehn von den Filialdirektor Hagemann bi den Vörstand nich dalsetten. Se kennt em anners. Aver en Bank will Geschäfte maken. Do is dat beter, wenn Hagemann aflöst warrt. Ruh un Freden mit de Kundschop is Bedingen. Detlef Hagemann warrt afropen. Em is dat nich to Schaden. In de Zentrale warrt jüst eenMann bruukt, de dat Leit hebben schall in de Afdeelung för grote Kredite. So 'n Art Arbeit kann blots en düchtige Fakmann vörstahn, – Detlef Hagemann.

De Hagemanns reist af. Bi sien Moder in de grote Stadt sünd se introcken. Ok för Elsbe un Reinhard is dar Platz. Se hebbt so veel Ruum nich in de Stuven as fröher, aver dat Huushollen kümmt ehr nich düer to stahn.

För anner Lüd fallt dat nich wieder op, as nu Hagemann sien Villa verköfft ward. Hagemann hett ok Glück hatt. He löst en gode Pries för dat Huus. De Afkat von den Handelsvertreder sien Fruu kriggt gliek de Affindung, so as dat afmakt weer. Dat Geld för dat Huus hett jüst för langt. De annern Kosten warrt betahlt von Termin to Termin. Harde Jahrn liggt vör de Familie Hagemann. Aver se hebbt Grund ünner de Föt, wiel se all tosamenstaht un een den annern helpen deit.

*

Warm schient de Vörjahrssünn op Böm un Büschen. Vageln singt un fleit bi de Grönanlagen, de üm de Strafanstalt för junge Minschen anleggt sünd. En Lust to leben is so 'n Dag.

Miteens veel Jiepen un en dull Saustern. De Lünken hebbt sik vertörnt üm de Brotkrömen, de een ut dat Finster mit de Trallen rutsmeten hett. Nu sünd de Lünken in den Busch togangen, nu an de Erd. Se schafutert, as harr nix mehr Bedüden as ehr Lünkenlarm.

Bi dat Finster achter de Trallen steiht Bernd Hagemann. He wull de lütt leevmodig Tieren wat Godes doon mit de Brotkrömen, – nu striedt se sik. Dat bunte Leben is nich jümmer licht to verstahn. Bernd hört sik dat Strieden von de Vageln mit an. Sien Gedanken gaht afstäd. He lengt na buten.

„Ik mutt Gedür hebben", flustert he. De junge Mann hett hüt sien stille Dag. Dat weer nich jümmer so. Männichmal in de erste Tiet von sien Haft hett he randaleert. Dat is nu vörbi. He meent nu sülven, nich anner Lüd hebbt Schuld an allns, nee, he sülven hett to verantworten.

,,Ik mutt dörchstahn!" So snackt he sik sülven to. Sien Gedanken loopt wieder. Een Jahr is rüm! Wenn de Tiet vör een liggt, is meist keen Enn to sehn. Is de Stremel Tiet vergahn, denn weet een nich, wo se bleven is, – de Tiet. – Wo lang is dat Leben? Sößtig, söbentig, – vellicht tachentig Jahr? Mien Grotvader is över neegentig Jahr olt worrn. – Veel Jahren kamt op mi to. Do mutt ik fardig warrn mit düsse veer. Un een Jahr is nu weg. Na Jahr un Dag bün ik af von allns wat mi hüt in de Kniep hett'. Leeg sünd männichmal de Nachten vör em, – denn drömt he von sienen Autounfall un he süht den Doden lingen. Dat is dat Swarste för em un he kümmt dar nich von af.

Opstunns aver hett he sien stille Stunn. Un een beten Freud steiht bi em. Hüt is Besöksdag. He weet, Gesine will kamen.

Schräd kamt den Flur lang. Wiethen hallt de Klang von de Träd dörch Gang un Treppenhuus. Wo faken hett Bernd düsse Klang al hört, – elkeen Dag. Männichmal hett em dat in Raasch bröcht. Hüt lustert he. He tövt op Besök. Vör sien Dör sünd Schräd to Enn. Slötel klirrt, de Dör geiht op. De Beamte nückt em fründlich to. ,,Bernd Hagemann, Besök is dar."

Gliek is Bernd op den Gang. ,,Mien Fründin?"

De Beamte smüstert un nückt. Bernd hett dat ielig.

,,Nu man langsam, wi kamt noch to rechte Tiet. Ik kam ja meist nich mit. – Weest noch, junge Mann? In de erste Tiet hest du mi veel Theater makt. Do wullt du keen Besök hebben, hest di an de Wand stellt un bölkt: ‚Ik will keen Besök! Ik bruuk keen Mitleed!' – Na, dat is vörbi. Is ok beter so, man nich?"

Nu staht Bernd un Gesine sik lieköver. De Jung warrt wedder unseker. He meent, een kann de Fründschop na de Tiet nich dar wedder anfangen, wo se vördem afbraken würd. Dat lett Gesine nich gellen. Fragwies kiekt de Jung sien Fründin an.

,,En Jahr is vergahn, Bernd. De annern gaht ok vörbi. Se warrt för di üm so gauer afloopen, wenn du sühst, dat wi to di staht. Wi tövt op di, – dien Moder, dien Vader, Elsbe un

Reinhardt, – un – ik ok. Dat schasst du weten, Bernd."

Unroh un Twiefeln stiegt op bi den Jung. ,,Gesine, ik weet nich. Allns is anners worrn. Mi dücht, wi künnt mit uns Fründschop nich dar wedder anfangen, wo se afreet, – dörch mien Schuld!"

,,Bernd, bi mi is dat mehr as Fründschop ut fröher Tiet."

Fragwies kiekt he de Deern an.

,,Wat schehn is, is schehn, Bernd. Aver ik weet dat för wiß: dien binnerste Minsch hett nix to doon mit dien dumme Autofahrt. – Ik heff keen annern Minschen kennen lehrt, de di över weer in dien gode Art."

Bernd swiggt sik ut, unverwahrens kiekt he Gesine an. Liesen bewert sien Hand, as wull he ehr anbören, üm de Deern aftowehren.

,,Gesine!"

,,Ik weet, Bernd, du magst un du wullt nu nich von snakken. Aver ik, jüst ik mutt di dat seggen: – ik heff di leev! Dörch dienen Unfall un all de Not is mi dat dütlich worrn."

,,Gesine, – sünd, sünd dat nich blots Wörd, – Wörd, wiel du Mitleed hest mit mi?"

En lies Lachen speelt üm Gesine ehrn Mund. ,,Bernd, du büst jümmer noch en grote Jung! Do bün ik di vörut mit mien achtein Jahr. – Wiß, ik harr un ik heff ok mienen Deel to drägen. Aver dar weet ik von, jüst du büst de Rechte för mi. Ik stah to di, egal wat weer, – eendoont, wat kümmt!"

,,Gesine! Du! Dien Wörd sünd as een grot Geschenk!"

,,Ik harr di dat lang al seggen kunnt. Aver du hest nümms an di ranlaten."

Angstig fragt Bernd: ,,Un dien Vader? De lett dat doch ni nich to?"

,,Mien Vader will nix von di weten. Do kann blots lange Tiet bi helpen. – Aver dat hett nix mit mi to doon."

,,Weet dien Vader, dat du hier büst, dat du mi faken besöchst?"

,,Ja, Bernd. He is gegenan. Aver ik gah mienen Weg. Nu bün ik mündig."

,,Aver dat gifft doch Larm un Striet mit dienen Vader, – den Herrn ,Bäckermeister Klöß'."

,,Ne, Bernd, ik stried mi nich mit mienen Vader. Ik swieg still, wenn he wat von mi verlangen is. Do kümmt he nich gegen an. – Ik sorg för mienen Vader, do lat ik nix an fehlen. Aver ik gah mien eegen Weg. Un den will ik in tokamen Tiet mit di gahn, Bernd, wenn du man wullt, – wenn du mi wullt."

„Ja, Gesine, ja! Du giffst mi Mot!"

„Ik glöv an di."

Se staht neeg bi'nanner. Bernd möcht de Deern in de Arms nehmen, aver he truut sik nich. De Wärter is mit dar, sitt op den Stohl un hört un süht allns. Dat makt em un ehr verlegen.

Fix nimmt Gesine ut ehr Tasch en Packen rut. „Ik heff di wat mitbröcht."

„Dörfst du dat?"

„Klar, ik heff vördem fragt in 't Büro. Ik dörf di dat geven."

„Wat is dat denn?"

„Pack ut."

„Ne, dat will ik, wenn ik naher alleen bün. Segg, wat is dat? Dat föhlt sik an as weer 't en Bok."

„Is dat ok. Dat is de ‚Peter', dat Automobilhandbok. Uns Bokhändler hett mi dat nömt, as ik na sowat frag."

„Gesine! Wat beters harr di nich infallen kunnt!"

„Ik weet. Jüst dat Bok schall di de Tiet utfüllen. Un ik kenn di doch, von Autos kannst du ahnhen nich laten. – Mi dücht, ut dat Bok kannst du heel veel lehren."

Nu vertellt se frisch op dal, de Beiden. Un de Tiet, de löppt. De Wärter kiekt na de Klock. De Wieser sünd al över een Besökstiet weg. Gesine mutt gahn. Se gevt sik fast de Hand.

In de Zell sett sik Bernd op sien Bett un wickelt dat Bok ut. Jüst dat Bok hett he sik lang al wünscht. As he anfangt to blädern, rutscht ut de Sieden en Bild rut un em in de Hand. En Bild von Gesine, so as se levt un lacht mit frame Oogen un den lütten Mund, de heel fast is un wiesen deit, wo kurascheert de Deern wesen kann.

Op de Achtersiet von dat Bild hett Gesine mit ehr klare Schrift en Widmung schreven:

Staht ok mal Regenwulken an 'n Heben,
Hoch över schient hell de Sünn!
Gesine

*

Jahren gaht överto. Elsbe Hagemann makt ehr Examen, – mit beste Noten. Se warrtanstellt as Lehrerin. Nu helpt se den ölleren Broder. Reinhard kann nu wieder studeeren. Ok bi den Vader stüert Elsbe to von ehr Gehalt.

Un Bernd? De Tiet hett em holpen, – un sien Fründin Gesine. Na dree Jahr warrt he freelaten to Bewährung. Got hett he sik föhrt. Nu lehrt he Autoslosser bi en grot Wark, wiest sik ansleegsch mit Koop un Hand. Aver een Deel kann nümms em afnehmen. Jümmer wedder süht Bernd dat Auto na den Unfall vör sik, süht den Doden, de inklemmt is achter den Volant. He kümmt nich af von sien Schuld. Sien Unrast droht af un an wedder dörchtobreken. Aver Bernd findt ok hier sienen Weg. He meldt sik bi den Automobilklub för den Deenst bi de Verkehrswacht.

Abend för Abend fahrt Bernd mit sien Motorrad de Straten af, wo sik veel Verkehr wiest. He helpt frömde Lüd, de Help bruukt. So versöcht he sik, wat got to maken. Jümmer wedder steiht dat Bild von den Autounfall för em. Mit de Tiet warrt he ruhiger. Ok bi dat grot Automobilwark sünd sien Gedanken. As de Lehrtiet anfüng, is he den ersten Dag mit veel Bangen hengahn. Wo warrt dar de Lüd sik to em stellen? De annern Lehrjungs wüssen erstan von nix. Na 'n paar Daag keem Fiete bi de Fröhstücktiet vör all Lehrjungs mit rut: „Hö! Weet ji wat? – De Niege hier bi uns, de kümmt ut 'n Knast!" All Oogen richt sik op em, neeschierig de een as de anner. „Stimmt dat?" fragt Ottje, de bald utlehrt hett. – „Ja." – „Worüm? Hest klaut?" – „Nee, Autounfall, ohn Föhrerschien. Een is dot." – Bernd kann dat spören.

Ut Misstruen warrt Mitleed, warrt Verstahn. Bernd mutt vertellen, allns. Do hebbt de Lehrjungs veel to diskereeren. „Dat weer 'n grote Dummheit!" – „Pech hest du hat!" Aver nümms von de Lehrjungs dreiht em den Rüch to. Un Ottje buut de Brüch för em. „Bernd, de paar Daag, de du bi uns büst, hest du di as gode Kumpel wiest. Do holl ik mi an. Mit dat anner mußt du sülven klar kamen." He gifft em de Hand. Von den Oogenplink an hett keen von de Lehrjungs wat seggt oder fragt.

Aver de Geschicht von Bernd sien Unfall hett sik liekers rümsnackt bet to de Lüd in dat Büro. Dar sitt welk öllere Angestellte. De schaffutert un lamenteert över junge Lüd von hüt. Bernd kriegt dat to spören, as he mal wat in 't Kontor to fragen hett. Mit eenen Slag is dat dodenstill in den Ruum. Nüms seggt wat. All kiekt blots op em, un de Gesichten wiest, dat se en Scheed opricht twüschen sik un em. Mit so een, as Bernd, will leever keeneen wat to doon hebben. Bernd kümmt benaut na de Warkstäd trüch. Ottje süht em an, dat wat schehn is. „Wat hest?" Geruhig hört de öllste Lehrjung em an. Nahstens geiht he to den Meister un gifft em Bericht. „Wo is dat, Meister, kann nich een von uns de Wegen na 't Kontor maken? Denn blifft Bernd sowat erspart." Achterna vertellt Ottje dat Bernd, dat he sik nich mehr sorgen mutt. „Ja", seggt Bernd bi sik, „dat sünd all anstännige Kumpels in de Lehrwarkstäd, – allemann!"

In elkeen free Stunn brummt Bernd mit sien grot Motorrad över de Straten, üm Lüd to helpen, de alleen nich wieder künnt. Dat deit he een Jahr, twee Jahr. Un dat gifft em Freden. So toverlässig, so stüttig wiest sik Bernd Hagemann, dat de Verkehrswacht eenen Dags stillwies den Andrag stellt bi Gericht. Bernd Hagemann sien Straf warrt streken in dat Register.

Bernd Hagemann is wedder liek vör. He dankt dat ok Gesine, de sien beste Helpsmann weer in sware Tiet un jümmer noch is. Nu, wo he utlehrt hett un he hett gode Arbeit bi dat Wark, dat em utbildt hett, do verdeent he ok got. He heiradt sien true Fründin Gesine.

So kümmt de Sünn ut Dak un Düster wedder rut. Un se hett ehr Freud an twee junge Minschen, de mit Not un Schuld un Unglück fardig wörrn, wiel se sik holpen hebbt mit Globen un Vertruen.

*

Sunnerbar sünd de Wegen, de faken Minschen gaht, eendoont, wat se sülven dat so wullt hebbt oder Ümstänn hebbt ehr dwungen. Wunnersam wiest sik de Tofall, de af un an mitspeelt.

In de lütte Stadt löppt allns sienen Gang. De twee Rentners sitt bi gode Weder ok hüt noch an den Marktplatz op de Bank un kiekt ut na dat Drieven, wenn Slachter un Bäcker un ok 'n Bessenbinner mit de Kundschop hannelt.

Von Hagemanns warrt nich mehr snackt. Is lang al her, dat Bernd den Unfall harr. Ok de Landgerichtsdirektor denkt nich mehr an den Termin in düsse Sak. Niege Fragen von Recht un Unrecht kamt alltiet op em to. Hüt hett he Lokaltermin in en lütt Dörp wiet buten op 't flache Land. Swar to klären is de Fall. Dat warrt lat bi sien Arbeit. Erst in de Düsternis fahrt de Richter na Huus över de B 404. Miteens tukkert de Motor von sien Auto, blifft stahn. De Richter hanteert bi den Wagen rüm. He kann nix finnen, de Herrenfahrer. Warnschiller stellt he ut. He winkt anner Autos. Vellicht, dat een em helpen kann. All Autos fahrt vörbi. Jedereen hett mit sik sülven to doon. Männig Autofahrers wüllt sik ok de Tiet nich nehmen. Wat geiht ehr en Frömden an? Wedder een Auto. Winken, – nix. En swar Motorrad bruust de Strat lank. De Richter winkt. Nix, vörbi. Doch, de Motor warrt drosselt. Dat Motorrad dreiht üm, fahrt trüch, höllt vör den Richter sienen Wagen. De Mann stiggt von sien Fahrtüch dal, blockt dat op. Denn kümmt he op den Richter to. Sien Leddertüch schient em noch grötter un breder to maken, as he so al is. Den Schutzhelm hett he op. Dat lett, as keem dar ut dat halve Düster mit den fahlen Schien von de Autolampen een Spök op den Richter un sien Auto to.

„Danke, dat se anhollen. Ik sitt hier fast. Könen se mi vellicht helpen?"

„Goden Abend, Herr Landgerichtsdirektor."

„Nanu? Se kennen mi? Ik kann nix utmaken. Se stahn gegen dat Licht as 'n halven Riesen."

Do lacht de halve Ries: „Mal heff ik vör se stahn, do weer ik sooo lütt! – Weten se dat nich mehr?"

De Richter stamert. Em warrt unheemlich vör den groten Kerl, den he nich richtig sehn un utmaken kann. „Vör mi stahn? Wo meenen se dat?"

De Mann in de leddern Kledaschen lacht. „Is al söß Jahr her. Do hebben se mi verdunnert! Se harrn mi allerhand vörtosmieten: Föhren ahn Föhrerschien, Fahrerflucht, Unfall, – eenen dotfahrt."

Den Richter warrt gruen to Mot. Wokeen is de Kerl? Wer steiht dar vör em? Wat will de Mann von em bi nachtslapen Tiet, – alleen op de Landstrat?

Nu markt de Mann de Sorgen von den Richter. Gau nimmt

he den Schutzhelm af. ,,Keen Bang, Herr Landgerichtsdirektor. Gern will ik helpen, wenn ik dat kann. Ik fahr för de Verkehrswacht."

Een Steen fallt den Richter von de Bost. ,,Verkehrswacht? Do heff ik Glück. Aver ik kenn se nich wedder."

Bernd Hagemann vertellt, wat nödig is. Do kann de Richter sik besinnen. Wildeß ünnersöcht Bernd Hagemann den Wagen.

,,Benzin?"

,,Is dar, ik heff nasehn".

,,Wannehr sünd de Zündkerzen rein makt? – Vergaser? - Aver dar liggt nix an."

Denn findt Bernd den Schaden. Bi dat Stuckern von de Fahrt is dat Zündkabel dörchsackt, liggt op den hitten Motorblock. De Isolierung is dörchsmölt. De Strom slütt kort.

,,Dat hebbt wi glieks" seggt Bernd. He hanteert mit Tang un Isoleerband. Bilöftig fragt he: ,,Se harrn woll 'n beten Angst vör mi, Herr Landgerichtsdirektor?"

,,Na ja, uns Begröten weer en beten snaksch. Meenen se nich ok?"

Bernd lacht sien jungenhaftig Lachen. ,,Ja, Herr Landgerichtsdirektor. Ik will man glieks biechten: – to Anfang von mien Hafttiet, do heff ik mi wünscht, dat ik se achterna mal drapen kunn, – alleen! Dat weer keen gode Wunsch. Aver ik heff tolehrt in de Tiet."

Bernd vertellt, wo em dat gahn is in de letzt Jahren.

,,Un de junge Fründin von domals? Ik kann mi besinnen op de nette Deern."

,,De is hüt mien Fruu."

,,Na, denn mutt ik se beide sachts graleeren!"

,,Dat langt nich, Herr Landgerichtsdirektor. Siet acht Daag hört en lütt Prinzessin mit to."

Fründliche Wörd wiest, wo got de beiden op de Landstrat sik verstaht. Ok na Bernd sienen Vader fragt de Richter. Bernd makt künnig, wat to seggen is. Bi sien Vertellen spört de Richter, wo deep den Jungen dat ingahn is, dat he mit sien Unbedacht de Familie so swar drapen hett. Dat Bispeel von Familie Hagemann wiest em, dat en Richter – von Fall to Fall – na milde Strafen söken dörf. Do kann dat Gericht in männich Urdeel mehr mit helpen, as wenn de Paragraphen hart anwendt warrt.

De Schaden an dat Auto is wett. De Richter kann wiederfahren.

,,Wat heff ik to betahlen?" fragt korrekt de Richter.

,,Nix", seggt Bernd. ,,Aver hier, op düsse Zeddel, steiht de Postschecknummer von de Verkehrswacht. Wenn se wüllen, denn betahlen se dar wat in. Dat helpt uns, anner Lüd to helpen. Un dat heff ik lehrt: mit gode Help kann een wahrhaftig helpen!"

De Richter versteiht, wo dat meent is. He bütt Bernd Hagemann de Hand un seggt: ,,Help von een gode Deern. Ok wenn 't mit den Ümweg weer över dat Gericht, üm dat to verstahn."

Bernd lacht vergnögt. ,,Ja, Herr Landgerichtsdirektor: De Weg weer wiet! Man — — he hett sik lohnt!"

Een Dag na föftein Jahr

Lüd tövt op den Bus. All stiegt in. Een Mann is bi, de is aftstäd mit sien Gedanken. He lett sik schuven, kümmt to sitten, wo jüst Platz is. He hett nich Oog un nich Ohr op dat, wat üm em schüht. De Bus fahrt af. De Mann bört den Kopp, mal effen so.

He fahrt mit den Bus na Huus. Von Morgen is he ok mit em fahrt, na Stadt to. Keen tein Stunnen is dat her. De Mann kann dat nich faten. Blots Stunnen sünd vergahn. Knapp een Dag is vörbie. Aver allns is anners worrn för em.

Von Morgen seet he jüst op den sülven Platz. De Dag läg vör em. He freu sik op em. Sien Gedanken leepen vörut, weern al bi de Dagfahrt, de he to stüern harr. Sien Berichten harr he bie sik, harr ehr in de Aktendasch op 'n Schot. Tofreeden un ok 'n beten stolt weer he west to allns wat de Tallen wiesen: Arbeit von dree Jahr för den Verband.

De Mann müß sik dat ingestahn. In letzt Tiet weer em de Arbeit heel suer worrn. He is nich sund. Vör twee Jahr schreev de Dokter em krank. Dat weern leege Daag, domals. En Tiet lang weer 't an Abend nich wiss, dat de Mann den tokamen Dag kunn wies warrn. Liekers fahr he söß Weken later al wedder to Stadt, so got as 't gung. Dree- un veermal in de Wek sät he wedder achter sienen Schrievdisch in 't Kontor, – stunnenwies. Nix is liggen bleeven. Nix is em versackt. En Vertreder för sien Arbeit weer nich dar. He hett dan, wat he hett doon kunnt för de Sak. Dat sleit to Bok. Do is he stolt op. De Berichten warrt dat wiesen.

Bie de Dagfahrt keem de grot Överraschen för den Mann. Welk Delegierten weern heel un deel anner Meenen as he, – „Do harr noch mehr dan warrn mußt!"

Ja, weer de Mann sund west, harr 't angahn kunnt. Denn weern de Berichten sachts noch beter west. Dat de Mann sik meersttiet blots henquält hett na dat Büro, do hett nüms een Wort von snackt. Weten hebbt se dat all.

Den Mann sien Gedanken loopt üm, as harrn se sworen Bodden to plögen. „Een Dwarsdriever weer mit bie. Ne, dat Wort is to groff. Is he nich. He deit veel för den Verband, wenn sien Arbeitsdag rüm is un he hett sienen Fierabend. Dwarsdriever? Ne! Aver, wokeen ünner an 'n Barg steiht, de kann so wiet nich kieken. Jüst de harr seggt: ,,Dat geiht üm de Sak, nich üm de Person!" – Richtig! Dat is jümmer so, wenn de Arbeit en Opgav wesen schall, de anner Minschen helpen will. Liekers, – de Gemeenheit speel nu mit un speel ehrn Trumpf ut. Welk Wör, veer oder fief Jahr olt, de würrn utgravt, würrn rutreten ut den Grund, op den se stahn harrn. En leege Sinn würd ehr geven, den se nie nich hatt harrn. Un de, de den Mullworp speel, de wüß dat. He hett dat weten!"

Von düsse Oogenplink an gung dat bi de Dagfahrt nich mehr üm de Sak. Een Lüttmann harr tweireten, wat veel Jahr hollen harr as faste Band.

Denn kämen de Wahlen. De Oppositschon harr sik dat afsnackt. Se käm nich dörch. Fröher bie Wahlen, von dree to dree Jahr, harr de Mann jümmer all Stimmen för sik hat. Hüt kreeg he knapp de Mehrheit. Welk hebbt nich ja un nich nee seggt. Dat is dat Klökste för Lüd, de sik mit nüms vertörnen wüllt.

De Mann hett de Wahl annahmen, – liekers. He hett seggt: ,,Ik nehm de Wahl an, wiel anners keen Kandidat dar is." – Weer dat nu richtig west? He hett meent, he müß dat doon. Do kann een nich stapelbots de Arbeit dalsmieten, wenn anners keen dar is, de dat Leit in de Hand nehmen kann. Toseggt hett he. Dat weer richtig för de Sak. Un för em sülven? Hett he liekers eenen Fehler makt? Harr he al vör twee Jahr op den Dokter hören schullt? ,,Lat di Rente geven! In 'n paar Jahr hest du ohnhen dat Öller fat. Sluß mit wurachen!"

Dat hett de Mann domals nich wullt. De Arbeit holl em fast. Nu plögt sien Gedanken: ,,Mann! Wees ehrlich vör de sülven! Weerst du domals afgahn, harr sik wiss en annern finnen laten. Jedereen kann aflöst warrn. Beter is, dat schüht to rechte Tiet. – Nu lett sik nix mehr ännern. De Quittung heff ik kregen. Allns is anners worrn an düsse eenen Dag!"

Jüst nu rötert de Bus över knubberige Plaster. Unverwahrens kiekt de Mann hoch, man effen so. Sien Gedanken loopt al wieder. För Dank hett he nich arbeidt. Keen dat doon wull, den sien Schipp löppt op Strand. Alleen üm de Sak is em dat gahn. Do kümmt dat nich op an, wat anner Lüd dat seht un von snackt, oder ok – se wüllt dat nich wies warrn. Dat kann em nich drapen. He kann för sik sülven bestahn.

Drapen hett em anners wat. De Mann hett glövt, he harr

gode Frünnen funnen bie de Arbeit in föftein Jahr. Jüst welk von de hebbt em anfullen bi erste Gelegenheit. Nüms von düsse Lüd is instahn för em. Dat is de Dalslag west för em. Do brok wat twei in em. Allns is anners worrn an eenen Dag.

De Bus bremst. Wahrhaftig, de Mann mutt al utstiegen. Glieks is he to Huus. Bie den lütten Stremel von Weg findt he wedder de Brüch to sik sülven.

,,Ik dörf mi dat nich ankamen laten. Schuld heff ik alleen. Ik weer to licht vertruen. Ik heff glövt, anner Lüd urdeelt jüst so as ik! – So 'n Dag müss kamen. De is as en Rop för mi. Tellen dörf ik blots, wat ik för mi verantwurten kann!"

De Mann geiht de letzten Schräd na Huus. Stillwies smustergrient he al wedder. ,,Bi allns wat schüht, lehrt een wat to!"

Petra Plitsch

Bi den Abend mit Danz un Vergnögen lehrt se sik kennen, de beiden, – Korl un Petra. Dat is meist as Leev bi den ersten Blick. Düvel ok, is dat en smucke Deern! Se kann danzen as 'n Fee. Sülverhell klingt dat över den Saal, wenn se lacht. Ehr Oogen blitzt so blank, kruus dat Haar, un 'n paar Been hett se, – as Wienbuddels, de op 'n Kopp stellt sünd. Korl hett do glieks en Oog op ehr. Un Petra kümmt von em nich af. De Junggast is anners as de meersten jungen Lüd. He is nich so slantig, as veele sünd, ne, he höllt sik akkerat, is trüchhollern un hett bi allns en fien Benehmen.

Al bi den ersten Danz hebbt se sik veel to vertellen. Dat blifft so bi den heelen Abend, un lat in de Nacht bringt Korl de Deern na Huus. Se drapt sik nu faken un all Daag sünd as de Blöhtiet fröh in 't Jahr.

Korl is de Söhn von een Koopmann. He hett de gode Schol besöcht un weet von veel wat af, wat de Deern bet do nich künnig weer. Bi ehr tohuus geiht allns still un eenfach af. De Vader is Arbeitsmann, trüchhollern, – toverlässig. Ehr Moder aver, dat is en gode un kloke Fruu. Se weet so veel von allns, wat Kinner in de Schol nich lehrt. Un Petra hett veel von Moder ehr Art. Bi snacken un vertellen hett se männich kloke Seggwies bi de Hand. Korl fragt faken verbast: ,,Deern, wo kümmst du bi den Snack?"

,,Och, dat hett Moder mal so seggt."

,,Du büst ja 'n bannig kloke Deern!"

,,Ne, lat man", seggt Petra. ,,Du büst mi över, – du büst mien Korl-Klok!"

Düsse Namen wahrt de Deern för ehrn Fründ un he löppt mit dörch de Tiet. Un dat duert nich lang, do kriegt se Lust to friegen, de Beiden. Man, – he hett nix. Se hett nix. Aver beide hebbt Mot un hebbt ehr Arbeit. Korl is bi 'n grot Koophuus för Möbel anstellt. Petra hett na de Handelsschol as Kontoristin anfungen un is nu Stenotypistin, mit de de Chefs heel tofreden sünd. De Beiden fangt an to reken: Du hest nix op de hoge Kant. Ik heff nix in 't Schap. Woveel mutt wesen? Wo hoch warrt de Miete? Wat kost dat Möbelmang? Ja, wenn beide in tokamen Tiet ehr Arbeit nagahn künnt, denn kamt se klar. Junge Lüd hebbt veel Vertruen, sünners wenn de Leev mitspeelt.

Pielliek gaht se nu op dal. Hochtiet warrt makt mit veel Fidelfumfei. De Tiet mit Honniglicken kümmt achterna. Wat is dat junge Paar mal fein toweg. Dat künnt anner Lüd von wieden spören.

Blots Petra süht mehr. Se kann beter mit Geld ümgahn as ehr Mann. Bi Korl rutscht de Markstücken licht dörch de Finger, – bi all so lütte Saken, bi düt un dat. Sutje bringt Petra de Kass in ehr lütte starke Hand. Wiss, ehr Korl schall sien Zigaretten un ok sien Glas Beer hebben. Aver dat mutt nich jümmer duppelt un dreefach wesen, meent de Deern. Petra stellt sik stillwies an de Windsiet, anners würd ehr Korl ja gnatzig warrn. Se bringt allns in de Reeg, de kloke junge Fruu. Un jümmer schient de Sünn, för em un för ehr, – för beide liek hell.

Do, eenen Dags, kümmt Petra vergnögt na Huus un Levensmot blitzt ehr ut de Oogen. Se fallt ehrn Korl üm den Hals un röppt vull Stolt: „Ik bün Sekretärin worrn bi mienen Chef!"

Korl freut sik düchtig mit sien junge Fruu. Blangenbi fragt he aver ok: „Denn krisst du nu ok mehr Gehalt?"

„Ja", strahlt de Deern un vertellt, wat de Chef ehr baden hett. Dat fallt as 'n Schatten över Korl sien Oogen. Drög sluckt he wat dal. „Denn – denn verdeenst du nu ja mehr as ik?" Do is Korl dat garnich na. He kümmt sik so lütt bi vör. Petra markt, wo leeg em dat is. Aver vertellt is vertellt. Se kann de Wörd nich wedder wegwischen. Un Korl kümmt nich von af. Dat is en griese Wulk för em bi all den Sünnenschien.

Twee Maand later kümmt Korl na Huus un smitt sik in de Bost: „Ik bün avanceert! Ik heff dat Leit för een Afdeelung kregen. Nu kam ik höger rop in den Tarif!"

De Welt is wedder in de Reeg för Korl. He verdeent nu wedder mehr as sien Fruu.

Dag för Dag schient de Sünn för de twee jungen Lüd. Beide verdeent got. Ole Schulden warrt betahlt, elkeen Monat wat. Se kamt vöran.

Froh un tofreden sünd de Twee. Se warrt meist nich gewahr, dat een un dat anner Jahr vergeiht.

An eenen Sünndag stellt Korl abends en Buddel Wien op

den Disch un halt de Glös. Fragwies kiekt Petra, wat dat bedüden schall.

,,Güstern heff ik uns letzt Schulden betahlt. Wi sünd glatt vör!" Se freut sik beide. Un denn kuschelt sik Petra an ehrn Korl-Klok un flustert em vull Freud wat in 't Ohr.

,,Wat? – Wat?" stamert Korl un kann sien grote Hög so gau nich faten.

,,Ja", strahlt Petra. ,,Nu sünd wi bald to drütt!"

,,En Jung! En eegen Söhn! So 'n lütten Seehund bi uns in de Kajüt!" Rein överdorrig is Korl un nimmt sien Petra fast in de Arms.

,,Oder en Dochder", meent de junge Fruu. ,,As dat kümmt. Wi wüllt dankbar wesen."

As de Överraschen un de erste Freud sik leggt, do fangt Korl glieks an to reken. ,,Ja, Deern, wi weern jüst klar mit ole Schulden. Nu kamt niege Utgaven op un to. Wo künnt wi de inplanen?"

,,Is al inplant", lacht de junge Fruu. Se langt in de Komodenschuv un höllt ehrn Korl en lütt Heft hen.

,,En Sparbok? – Wen hört dat?"

,,Mi un – – di!"

Korl kiekt in dat Sparbok. He truut sien Oogen nich. Meist twee Jahr hett sien Fruu all veer Weken Geld op de hoge Kant leggt.

,,Aver Deern? Hest du dat all insparen kunnt bi uns Geld för den Huusstand?"

,,Ne, nu wees man nich bös mit mi. Vör meist twee Jahr heff ik en beter Gehalt kregen. Do verdeen ik wedder mehr as du. Un ik weet doch, wo hart di dat domals ankeem. Wat ik nu mehr verdeen, dat heff ik stillwies op de Sparkass bröcht. Wenn nu de lütte Prinz kümmt, denn is ok allns för em dar, wat bruukt warrn schall. Büst inverstahn, Korl-Klok?"

Petra beluert ehrn Korl. En lütt beten bang is se doch, he kunn verdretlich warrn. Aver ne, Korl spört all de Leev un he süht, wo klok sien lütte Fruu wesen is. He lacht un seggt: ,,Klar! Ik bün inverstahn. Aver du büst mi över. Wat heff ik för 'n plitsche Fruu! Un wenn ik jümmer noch dien Korl-Klok bün, denn büst du mien ,Petra-Plitsch' büst du!"

Kudl Slachter

De Dör na Kudl Slachter sienen Laden steiht op. En fiene Ruch von Rookfleesch un Wuß treckt na Strat. Steiht glieks en Jagdhund bi de Dör un lickmuult.

„Büst al wedder dar?" röppt Kudl un he smitt een lütten Knaken na dat Deert. De Hund, de kennt em al, den Slachter, fangt den Knaken in de Luft un suust af mit em.

De Lüd in 'n Laden lacht.

„Ja, is een von mien besten Kunden, de dare Hund", seggt Kudl. „Elkeen Morgen, fröh Klock söben, staht föftein, twintig Hunnen vör mien Laden, tövt op mi. Wenn ik de Dör op mak, smiet ik dree Knaken mang dat Takeltüchs. Glieks is en dulle Balgeree in de Gangen. Do heff ik mienen Spaß an. Un de dare Jagdhund, Karo, de hört den Sünndagsjäger to dar güntsiet von de Strat, – de kriggt elkeen Dag sienen Knaken fat. He is wat gauer as all de annern Hunnen."

De Kunnen grient, welk schüttkoppt över so 'n snakschen Slachtermeister. Aver tofreden sünd se all mit em. Sien Fleeschwaren un Wüß sünd to Best. Dor fehlt nix an. Un Kudl Slachter kann ok grotardig mit de Lüd üm. Jümmer hett he en fründlich Wort för sien Kunnen. Oder he pliert von de Wag na den Kunden, von den Kunden na de Wag un seggt: „Na, – is 'n lütt beten mehr worrn an Gewicht. – Aver ik heff dat nich sehn." Un he rekent dat Övergewicht för glatten Pries. Sien Kundschop hett dat gern, wenn se mal twintig Gramm towagen kriggt. Do kamt se gern mal wedder.

Vondag hett he wedder wat uttüftelt, wat Naverslüd un Kunnen got gefallt.

„Mal all herhören!" röppt Kudl Slachter, as jüst de Laden pruppenvull is. „Ik heff tokamen Dag en Föhr vull Kram na den Schietbarg to fahren. – Von morgen fröh an steiht mien Lastwagen för dree Daag bi de Opfahrt von mien Grundstück. Wenn een to Huus wat loswarrn will an leddige Buddels, tweie Schötteln un all so'n Kram, denn smiet dat man driest op mienen Wagen. Ik fahr dat mit weg. Kümmt mi nich op an."

„Oh, dat is mal fien!" seggt de Kunnen. Glieks an 'n annern Dag slept Kinner Körv un Büdels an vull leddige Buddels un Schörenkram. Rop mit op den Lastwagen. Naverslüd seht dat. ,,So? – Oh, dat is ja fien!" Glieks sünd se mit bi, Keller un Böhn warrt nahsehn, – weg mit Buddels, ole Vasen, schetterige Blompütt. Rop op den Wagen.

,,Weerst di dat vermoden?" högt sik Kudl. ,,Fruu, kiek di den Wagen an. De is al meist vull!" Vergnögt rifft he sik de Hannen.

Sien Fruu findt dat garnich so putzlustig. ,,Wat du di dar wedder för 'n Arbeit opsackst!" so gnegelt se mit em. ,,Wi sülven hebbt doch garkeen Buddels un Kram in 't Huus. Dat beten, wat bi uns anfallt, harrst du licht in de Mülltunn kreegen."

,,Dat weet ik, Moder." Kudl grient. ,,Aver lat mi man. De Naverslüd seggt mi Dank för, dat se ehrn Schiet loswarrt. – Kümmt uns Laden to pass!"

,,Tühnkram! Hest anners nix to doon? Föhrst för frömde Lüd in de Weltgeschicht rüm, – för nix!"

,,För nix, Moder? – – Ik heff ok wat von. – Töv af!"

,,Och wat! – Du hest mal wedder fimmelige Infälle, hest du!"

,,Fimmelige Infall? – Ne, Moder, dat is en heel ernsthaftige Sak! – Hett Dien Süster mi op bröcht!"

,,Alwine?"

,,Ja, Alwine, – dien Süster. De hett mi op de Idee bröcht mit Buddels un Porzellan."

,,Warr een klok ut di! Wat hett Alwine mit dien Narrenkram to doon?"

,,Hmm", smustert Kudl. ,,Se hett doch annerlest vertellt von de Schören bi den Pulterabend bis Naver Struck."

,,Na un? – Ik bün noch nich klöker!"

,,Dat weer doch so: Naver Struck wull den Schietkram mit Schören vör sien Dör un op sien Blomenbeten nich hebben bi den Pulterabend von sien Dochder. Do legg he sik op Luer achter de Huusdör. Wenn he Schräd hör, keem he basch rut. Unverwahrens stunn he vör de Lüd. De weern denn heel benaut un trocken wedder af mit ehr Körv un Tüten."

De Fruu schüttkoppt, seggt nix. Se kiekt em scheev an, warrt nich klok ut em.

,,Ja, un Alwine vertell ok: – en paar Jungs hebbt sik achter de Büschen in Navers Gor'n versteken. Jümmer, wenn Struck wedder achter sien Dör weer, denn füert se hoch in 'n

Bagen eenen Buddel an sien Huuswand. Klirr – bumms! Un Struck weer wedder buten. De Jungs achter de Büschen is he nich wies worrn. Blots de Schören, de legen dar."

„Na? – Un dorüm mußt du den Klamottensammler maken för all Lüd birüm?"

„Och, lat mi doch. Kümmt uns Geschäft to got, wenn ik nett un fründlich bün. – – West noch", seggt Kudl so blangwies, „Alwine sä ok noch: – so, as Naver Struck, so kunn se sik nich opregen, wenn se tokamen Daag ehrn eegen Pulterabend hett. Op 'n paar Schören mehr oder weniger kümmt ehr un ehrn Brüdigam dat nich an, sä se. Schören hört mit to na olen Volksbruuk."

„Hett se seggt, – ja! Aver ik kann de Brüch nich finnen, dat du nu den Schietenkleier maken wullt för anner Lüd."

„Töv af", seggt Kudl.

Dree Dag later, effen na Dusterwarrn, fahrt Kudl Slachter los mit sienen Lastwagen vull Schören. Bi Alwines Wahnung fahrt he trüchwarts mit dat Auto bet stramm för de Dör. Alwine hett jüst den Dag ehrn Pulterabend. Kudl drückt den Hebel dal. Klirr – rirr – klirr rüttelt un schüttelt de Kipplaster dreevierdel Tünn Glas un Schören von Buddels un Porzelan vör de Dör von dat Bruutpaar.

Bruut un Brüdigam hebbt meist 'n halve Stunn to schüffeln un to fegen, dat tominnst Besök in 't Huus kamen kann. Gift un Gall piert de Bruut. Se weet, dat hett ehr de Swager Kudl Slachter anschünnt. Aver nüms wiest se den Arger. Den Gefallen will se den Swager nich doon. Do röppt se leever: „Dat is de Spaß mi wert! – Veel Schören bringt veel Glück!"

Opa vertellt

Opa kümmt to Besök. De beiden Enkelkinner sünd glieks bi em rüm. ,,Na, ji lütt Bambusen? Sünd ji ok ardig west? Denn ünnersökt mal mienen Kuffer. Dar sitt 'n Muus binnen!"

,,Haha! Opa, du makst al wedder Spaß! Du wullt uns anmeiern!"

,,Ne, Ne", röppt Opa heel ernsthaftig un he plinkt sien Swiegerdochder to. ,,Verlat ju to! Dar is 'n richtige Muus binnen. Beter seggt: twee Kuffermüs hebbt sik versteken!"

De Jungs sünd neeschierig worrn un fallt över den Kuffer her. Twüschen Pullover un Wäsch findt se twee Packens. ,Jens' steiht op dat een, ,Klaus' op dat anner.

,,Oh, wat sünd de swar!"

,,Ja, dat sünd fette Müs!"

De beide packt ut un strahlt. ,,Oh, Tinnplatten! Opa, dat hest drapen! Do künnt wi fein Suldaten von geten!"

Annern Dag, glieks na de Scholtiet, smölt de Jungs dat Tinn op de lütte Flamm. Formen staht parat. Jümmer länger warrt de Reeg mit Grenadiere ut den olen Fritz sien Tiet. Grotvader sitt neeg bi, smökt sien Zigarr un högt sik över den Iever von de Jungs.

,,Opa, hest du fröher as Jung ok gern mit Tinnsuldaten speelt?"

,,Ja, heff ik. Aver ik harr Suldaten, de weern von Blie. Anmalt heff ik ehr ok, jüst so, as ji dat makt. Över achthunnert Stück heff ik hat. Aver blots in den Winter heff ik mit speelt. Von Vörjahr bet Harvst harrn wi Jungs keen Tiet to. Wi spelen richtig Suldat."

,,Wo dat, Opa? Vertell mal."

Grotvader besinnt sik. Denn vertellt he von sien Jungstiet. ,,As ik so olt weer, as ji lütt Bambusen hüt sünd, so tein bet twölf Jahr olt, do füng jüst de erste Weltkrieg an. Wi beleven mit glöhnige Backen, wo uns ,85—er' na 'n Bahnhoff marscheren, Musik vörweg. All Lüd röpen Hurra un süngen de Wacht an 'n Rhein. — De Festungen Lüttich un Namür würrn erobert. Hindenburg wend de Not af von Ostpreußen dörch de Slacht bi Tannenberg. Bi elkeen Sieg lüden de Klokken von all Karktorns un wi kregen scholfree. Ja, so weer dat, — nüchtern un nadenkern wörrn de Lüd erst, as de Stellungskrieg anfüng un de Slacht bi Verdun. De hett meist een Million Minschen – Dütsche un Franzosen – dat Leben kost.

De erste Tiet güng allns mit Hurra. Na, wat hebbt wi Jungs do woll speelt, Dag för Dag? Suldat, – dat weer klar. Över föftig Jungs weern wi, wenn wi namiddags de Dörpstrat lang marscheren. All in Uniform as de Pfadfinder se hebbt. En paar Säbels harrn wi ok un Gewehre. De harrn wi uns ut Breder utsagt un trech hövelt. Gegen dat Franzosenvolk ut Kiel, – dat weern de Jungs ut de Metz-, Wörth-, Spichern- un Gravelottenstrat-, gegen de hebbt wi Krieg makt. De wullen aver nich de Franzosen wesen. Do harrn wi Grund nog, um uns fix to tageln. Uns Kriegsschauplatz, dat weer dat Hasseldieksdammer Holt."

„Do weer ik gern mit bi west!" röppt Jens.

Opa grient em an. „Ja, mien Jung, denn harr de Adebar di sößtig Jahr fröher opfischen mußt!"

Jens un Klaus lacht Opa fix wat ut vonwegen Adebar. Över dat Thema will Grotvader nich disputeren, sien Meenen steiht na de ole Art. Gau vertellt he wieder.

„Lustige Stücken hebbt wi ok belevt bi dat Suldatenspeel. Mal stünnen wi mit föftig Jungs achter den Knick bi den Weg von dat Forsthuus Wittland na dat Hofholt to. Dat weer an 'n Sünndag, Namiddags, veel Lüd güngen spazeeren. Werner, uns Hauptmann, un Hein, uns Hornist, de stünnen baben op den Wall. Wi annern Jungs lägen achter den Tuun in Dekkung, weern nich to sehn von den Weg. De Trumpeter blas engelsche Signale. De harr he lehrt von en Kriegsgefangenen, de bi Sell op 'n Hoff sien Arbeit harr. Un de Jungs ut dat Franzosenveerdel, de kennen den Tommy sien Signale nich, blots wi. Do, miteens keem en Deckoffizier von de Kaiserliche Marine op de beiden to. Dick as 'n Tünn weer he, stölter meist över sienen Slepsabel un wies sik as 'n Pagelun mit utspreet Feddern. ‚Unterlassen Sie das Blasen englischer Signale! Das ist eines deutschen Jungen nicht würdig!' So blaff he Werner un Hein an. He müß all Lüd doch wiesen, dat he de engelschen Signale kenn. Fix greep Werner na Hein sien Trumpet un blas dat dütsche Signal to angriepen. Un wi mit all föftig Mann achter den Tuun bölken luuthals mit: ‚Kantüffelsupp, Kantüffelsupp, – de heele Wek Kantüffelsupp! – Öh – öh – öh'

All Lüd, de dar promeneeren, de lachen över dat Echo, dat nüms vermoden weer. De Deckoffizier marscheer af mit 'n roden Kopp, as harr de Bull em stött. – Wi Jungs aver, wi sünd fix afrückt. Do kunnen wi uns wiss to verlaten, dat würd nich lang duern, denn keem Putz – Uhl mit den Pickelhelm, üm uns Trumpet un Wapen aftonehmen, wieldat wi Undögt mit dreven."

„Kantüffelsupp! Kantüffelsupp!" kreiht de beiden Jungs un högt sik över Opa sien Art to vertellen.

„Ja", meent Klaus, „Suldat speelt wi ok mal. Un dat is denn jüst so schön, – sünners: Röver un Suldat."

„Fein", nickköppt Grotvader, „dat hört to bi de Jungstiet. – Aver wi harrn noch sünners wat, dat hebbt ji wiss nich bi. Eenendags setten wi uns dat to Kopp. Bi Buer Friedrichsen op Eekkoppel kunnen wi Peerd un Kastenwagen lehnen, wenn wat to fahren weer. Kontainer geev dat fröher nich. Wi Jungs sammeln Geld in. Jedereen geev so veel von sien Taschengeld, as he dat kunn. Männichmal weern dat blots Pennings. Aver för twee Penning kunnen wi in domalige Tiet en Tüt vull Bontjer köpen. Twee gröttere Jungs nu hen na Buer Friedrichsen. Se meden dat Spannwark för en paar Stünnen. Bi mien Vader sien Sandkuhl, dar harrn wi uns ‚Exerzeerplatz'. Achter in de Grund spannen wi dat Peerd von 'n Wagen un schirren dat ut. Ik harr von tohuus eenen Sadel mitbröcht un Toomtüch. Nu würd optühmt. Uns Hauptmann keem nu hoch to Peerd. Un denn güng dat los, de Dörpstrat rop un dal. Vörweg de Musik. Twee Jungs mit Trummeln, twee mit Trumpeten un Dweerflöten. De spelen ümschichtig ‚Preußens-Gloria' un den ‚Hohenfriedberger'. De Hauptmann keem achterher, bannig stolt op sien Ackerpeerd. Achterna wi all mit stramme Schräd. Wo wichtig wi uns harrn, dat lücht uns ut de Oogen. Männich öllere Lüd hebbt sik högt över uns narrsche Jungs. Kann wesen, welk hebbt ok schüddkoppt."

„Dat find ik grotardig!" röppt Klaus. Beide Jungs sünd stolt op ehrn Opa.

Aver Grotvader hett noch wat in Achterhand. Dat gifft he to bedenken. „Ja, ji Beiden, dat schüllt ji ok noch weten: So free, as Jungs hüt sünd, so free weern wi lang nich. Elkeen Dag kregen wi to hören: ‚Dat dörvst du nich' un sünners ‚dat schickt sik nich'.

Mal weern wi bi to exerzeeren in uns Sandkuhl. Een müß Posten stahn an de Strat. De kreeg dat Suldatenkoppel üm mit ,Gott mit uns' op dat Slott un as Wapen kreeg he en belgisch Siedengewehr. Dat harr en Frontsuldat as Souvenir mitbröcht. De Posten trock blank un stell dat Siedengewehr schreeg in 'n Arm, so as de Wach op Kriegsscheep dat deit. Den Dag weer ik an Tour un stünn op Posten. Do keem uns Hauptmann sien Moder de Strat lang. To de müssen wi jümmer ,Frau Architekt' seggen. Ne, se sülven weer keen Architekt, kunn nich mal teken. Aver fröher gung allns na Titel un na Geld. Na klar, wenn uns Hauptmann sien Moder vörbigeiht, denn warrt extra forsch de ,Ehrenbezeugung' makt. Ik hau de Hacken tosamen, dat dat baller, stramme Haltung, zackig den Kopp na links un denn Blickrichtung bet de Fruu fief Schräd vörbi weer. Ik keem mi örnlich düchtig vör, so got harr dat klappt.

Man dree Stünnen later, as ik na Huus keem, do nehm Moder mi glieks in de Mangel: ,Jung, wat hest du wedder anstellt? Fruu Architekt Klingmann weer hier un hett sik över di beklagt, dat du ehr nich richtig gröten deist. Du hest nich mal de Mütz afnahmen!'

,Och Moder, ik heff doch garkeen Mütz ophatt! Un mienen Pfadfinderhot, denn kann ik garnich afnehmen. De is mit 'n leddern Reem ünner dat Kinn fastmakt!'

Mien Moder hett wieder nix seggt. Se verstünn uns Jungs beter as de hochvörnehme Fruu von den Architekten. – Ja, so weer dat fröher, in de ole Tiet, mit vörnehme Lüd!"

Von Prinz Heinrich un sien Lüd

En paar ole Kieler drapt sik ton 'n Klöhnsnack. De een hett 'n niege Schirmmütz op.

,,Minsch, Dieter, graleer ok to de smucke ‚Prinz Heinrich-Mütz'!" seggt Peter.

,,Hochmodern", grient Jörn. ,,So 'n Mütz driggt uns Kanzler ok."

,,Hett mit den Prinzen nix to kriegen. Mi gefallt se, do heff ik ehr köfft."

Peter meent: ,,Op Prinz Heinrich kann ik mi got besinnen, – mit sien Schippermütz. De Kieler kunnen got mit em."

,,Stimmt", dat meent se all. Un nu vertellt se düt un dat, wat se vör Jahrn mit Prinz Heinrich un sien Lüd von den Hoffstaat beleevt harrn.

,,Mal höl de Hoffkutsch in de Ringstrat vör Ehmke sienen Slachterladen. Twee Hoffdamen, – fien in Taft un Sieden –, stelzen na den Laden rin. He weer ja ‚Hoflieferant', de Slachter, harr sik dat veel Geld kosten laten. Nu weern jüst veel Kunnen dar. De Slachter, sien Fruu, welk Deerns bedeenen de Lüd. De beiden optakelten Fruunslüd von dat Slott stunnen wiet af von den Tresen un luern. Do sä een Fruu to de Slachtersch: ,,Dar sünd twee Damen von dat Slott! De könen se doch nich töven laten!" Den Slachter sien Fruu bedeen geruhig ehr Kunnen un sä luuthals: ,,Wörum nich? Anner Lüd ehr Geld is ok keen Schiet!" Do ruschen de beiden Hoffdamen ut den Laden rut, rin in de Kutsch un weg weern se. Se sünd ok ni nich wedder kamen."

,,Na, denn hett se ehr Geschäft doch Schaden daan!"

,,Ne, hett se nich! De Snack von den Slachter sien Fruu güng von Mund to Mund in de Stadt. Do keemen mehr Kunnen as vördem."

De Mannslüd grient. Dieter seggt: ,,Aver Prinz Heinrich, den harrn all Kieler gern. Un he weer ok en gode Vader. Em dän sien eegen Söhns leed, dat de as Prinzen so garnich richtige Jungs wesen kunnen. Do harr he en gode Idee. Af un an fahr de Kutsch mit de Prinzen Siegismund un Eitel-Friedrich, – beide in fiene Tüch, stief as de Poppen, Näs liekut, Kutscher un Lakai in Livree – so fahr de Kutsch na Kronshagen na Volbehr's groten Buernhoff. Dar trocken de Prinzen ehr öllst Kledaschen an un gungen na de Kohkoppel rop. Bi de Mergelkuhl halen se sik Lehmbatzen un denn speelen se Röver un Schandarm un anners wat un smeeten een den annern mit Lehmkluten. Nahstens sehn se garnich mehr na Prinzen ut. Achterna kunnen se sik op 'n Hoff waschen un ümtrekken. Se kreegen ehr Glas Melk to drinken un denn fahren se wedder mit de Kutsch as richtige Prinzen na Kiel to, – stiev as de Poppen, Näs liekut."

Se nickköppt, de olen Kieler. „Ja, so weer dat. Prinz Heinrich weer en Minsch as du un ik."

„Ok bi de Matrosen op de Kriegsscheep weer Prinz Heinrich as de Admiral got anschreven. Dat wies sik 1918 bi de Revolutschon. De Matrosen störmen dat Slott. Se sparrn Prinz Heinrich in den Keller in. En Posten mit rode Kokard stunn vör de Dör. Baben fiern de Matrosen mit den Vörrat an Wien ut dat Slott ehr Revolutschon. Af un an keem een von de böbelsten Macker na den Keller dal. He buller an de Dör un röp: ‚Heinerich! Slöppst al? – Morgen fröh scheet wi di dot!' – Aver se hebbt em nich dotschaten. Nüms wull em dat."

Hein Piper un de Scholphysik

Ole Kieler hebbt em noch kennt, den Hein Piper, – dat Original in de Stadt an de Förde. Se würrn em wies, wenn he mit Polkaschreed de Holstenstrat langdanz un dar luuthals sien Melodie to fleit oder op de Mundharmonika speel. Faken gung Hein Piper bi Fritz Lehment na de Probeerstuv rin. All Lüd vör un achter den Tresen krück he an: ,,Hest nich 'n lütten Köm för mi?" Un do funn sik jümmer een, de em spandeeren dä.

Schimpen kunn Hein Piper ok, düchtig. Een bruukt em blots to fragen: ,,Piper, wullt du mi dien Dreihorgel verköpen?" Denn würd he grandessig, schimp un schafuder, un so schees he ok dörch de Straten.

Sien Dreihorgel, dat weer en smuck Stück. Op 'n ole Kinnerschees harr he ehr monteert, un so stüer he von en Strateneck to de anner un speel sien Stücken. Männich Gruschen kreeg he in sien ol schetterige Ballonmütz.

In mien Scholtiet hebbt wi Jungs ut de Sekunda in de Schol an 'n Rondeel ok mal 'n got Geschäft makt mit Hein Piper un sien Orgel. Bi 'n recht so hitte Sommerdag weer dat, do keem Piper mit sien Kinnerschees un Orgel bi den Rondeel an. He stell sik an de Eck, wo de meersten Lüd vörbigaht, un dreih sien Leeder von de Waldeslust un von den truen Husar. Wi harrn jüst Scholstünn in Physik. Uns Professor harr sik sachts in veele Jahr so faken un so dull an unbannige Scholjungs argern mußt, dat he heel nervös worrn weer. Larm kunn he garnich verdrägen. Nu stunn dat Finster op un Piper dreih sien Orgel. Do buller de Persetter los: ,,Machen Sie die Fenster zu! Das ist ja nicht auszuhalten!" Wi Slüngels harrn uns Spaß an, dat uns Scholmeister so in Brass keem bi dat Orgelspeel.

Fix weern wi Jungs uns eenig. Wi sammeln von uns Taschengeld wat tosamen, un denn passen wi Hein Piper Namiddags op 'n Kohbarg af. Dar weer he licht to drapen, neeg bi sien Wahnung.

,,Piper, wullt di Geld verdeenen?"

,,Wenn nich to veel Arbeit bi is, – un nich to swar, denn kann 't angahn."

,,Ne, Piper, is licht to!" Un wi verklaren em, dat wi

Deensdag von Klock ölven bet twölf un Dünnersdag von tein bet ölven Physikstunn harrn. Do schull he na den Rondeel kamen un sien Orgel dreihn.

,,Aver do is een Knütt bi, Piper. Paß op. Uns Klass is in de tweete Etag, ganz links. Wenn de Finster tomakt warrt, denn mußt du stapelbots ophören to speelen. Du tövst bet dat Finster wedder opgeiht, denn speelst du wedder op dal. Hest verstahn?" Klar, dat harr Piper glieks mitkregen, un he weer ok inverstahn mit den Pries, den wi em betahlen kunnen.

Un nu güng dat los. Bi de nächst Physikstunn speel Piper sien Orgel vör dat Scholhuus. Gliek leet de Professor de Finster tomaken. Still weer de Orgel. Finster op, wedder de Musik. Finster to, allns weer still. Finster op, wedder Musik.

,,Das ist zum wahnsinnig werden! Machen sie die Fenster zu!"

Buten weer nix mehr to hören. Een von uns Jungs mell sik: ,,Herr Professor, es ist so schwül hier drinnen. Können wir die Fenster wieder öffnen?"

Den Persetter weer dat ok to bruttig in de Scholstuv. He weer inverstahn. Wi kunnen de Finster wedder opmaken. ,Waldesl – u – u – u – st' keem von buten rin.

,,Fenster zuuu!" bölk de Scholmeister. He weer an 'n Enn. Un de Finster würrn ok nich wedder opmakt.

Bi de nächst Physikstünn, do leet sik dat Finster garnich mehr tomaken. En paar Jungs harrn mit de Knieptang an de Halterung monteert. Dat Finster stunn sparrangelwiet op, leet sik nich bewegen. Do kunn de Professer nich mehr gegenan.

,,Das ist nicht auszuhalten! Da kann kein Ochse gegenanbrüllen!" – Weer he nu de Oss, uns Persetter? – He geev uns Schrievarbeit op, sett sik an sienen Katheder un höll sik beide Ohren to.

Un wo dat Speelwark wiedergung? Dat is licht vertellt: – allns warrt mal wat Oles för de Jungs. Un – uns Taschengeld weer all. Ahn Geld wull Piper ok nich speelen.

Revolutschon in Raisdörp

In Raisdörp – neeg bi Kiel – wahnt geruhsame Lüd, jüst so as överher in all Städen un Dörpen in Sleswig-Holsteen. Liekers hett sik in Raisdörp annerlest en Revolutschon afspeelt. Schuld harrn de Fruunslüd. Ne, seggt de Fruunslüd, Schuld harrn de Mannslüd – un do weern de Mannslüd von de Freewillige Füerwehr mit meent.

Elkeen Jahr makt de Füerwehrlüd een schöne Dagfahrt. Denn geiht dat mit 'n Bus dörch dat Holsteener Land. Al lang vördem freut sik de Mannslüd op düsse Dag. Vergnögt un lustig geiht dat to. Do warrt sungen un vertellt, – un männicheen Glas warrt to Bost nahmen, wenn de Bus von Krog to Krog stüert. Kamt se abends lat an 't Huus, denn swögt de Mannslüd von den schönen Dag, den se hatt harrn. Man de Fruunslüd meent, de Mannslüd harrn to veel drunken. (Un dat kost unnödig Geld!). Se kunnen ehr Mannslüd dat anmarken, wenn bi de ehr vertellen sik de Tung mit dat Gebiß vertörn.

Ne, so wat weer de Fruunslüd noch to paß! Siet Jahr un Dag weern se bi to preestern, – se wullen mit bi de Dagfahrt! Aver de Füerwehrlüd bleeven stur. Ehr Dagfahrt eenmal in 't Jahr, de harrn se sik ehrlich verdeent na all den freewilligen Deenst för de Meenschop.

De Fruunslüd setten den Dickkopp op. Mine, den Wehrführer sien Fruu, schees na den Sprüttenmeister sien Amanda. Se schafuder, Amanda schull ehrn Mann dat bibögen, dat von Jahr all Fruuns wahrhaftig mitwullen. Aver Amanda kunn nix beschicken bi ehrn Mann. Do leepen Mine un Amanda hen na Tine, den Brandmeister sien Fruu. Tine, de weer heel kurascheert un got to Fot ünner de Näs, – dat wüssen de beiden. Vergevs, – Tine palaver, se harr dat al versöcht, aver mit de Dickköpp von Mannslüd weer bi dat Thema Dagfahrt nix, rein garnix antostellen. De dree Fruunslüd snacken un schimpen sik heel un deel in Raasch. Un do harr Amanda de Idee mit de Revolutschon.

Tine, Mine un Amanda stebeln nu von Huus to Huus un maken all Fruuns von de Füerwehrlüd rebellsch. Wenn 't bet nu nich in goden gung, denn nu för Gewalt. Se wullen de Mannslüd dat wiesen!

De Dag för de niege Fahrt weer kamen. All Füerwehrlüd weern pünktlich to Steed. Een paar Minuten vör de Affahrt von den Bus klabastern Tine, Mine un Amanda mit all Kunsorten üm de Eck un stellen sik in 'n Krink vör de Mannslüd op. „So! Dar sünd wi. Wi fahrt mit! Wi lat ju nich alleen affahren!"

Luuthals lachen de Mannslüd. „Dar hett 'n Uhl seten! De Bus hett veertig Plätz. Un de bruukt wi! För ju is garkeen Platz, – hahaha!"

Dat Lachen von de Mannslüd bröch Tine, Mine un Amanda mit all Kunsorten bannig in Fahrt. Tine höl en grote Red. „Ji lacht to fröh! Wi lat ju alleen nich affahren!" Tine fecht mit den Arm un all Fruunslüd setten sik vör den Bus, – so, as dat afmakt weer. Dwars un dweer seten se op dat Plaster von de Strat.

De Mannslüd glupen verbast. Do harrn se nich mit rekent. De Brandmeister fung an to schimpen mit sien Fruu. Aver he kreeg keen Been an de Erd. He keem nich gegen den Larm an, den de veertig Fruunslüd anstellen. Un all Mannslüd schimpen gegenan.

Blot een Mann, de grien to all den Spijök von den groten Hümpel Lüd. Dat weer de Fahrer von den Bus. He stunn sietaf un hög sik över dat Spillwark. Denn steeg he alleen in den Bus, tröck den Starter un fahr trüchwarts von de Fruunslüd weg. Welk smeeten sik lingelang op de Strat. De Mannslüd krakehlen.

„Ik bün gliek wedder dar!" röp de Fahrer. He fahr fix na Preetz to sien Firma un keem na 'n knappe Viertelstunn wedder trüch. Achter den Bus harr he nu en grote Hänger.

De Fruunslüd jubeleeren. De Mannslüd weern vergrellt un schimpen mit den Busfahrer. „Du hest uns to letzte Mal fahrt! Dat lat wi uns nich gefallen!"

De Busfahrer grien un kümmer sik um nix. „Instiegen!"

Tine wull glieks vörn in den Bus rin. Dree Füerwehrlüd stellen sik ehr in 'n Weg. „Nix dar! Hier is blot Platz för uns Mannslüd!"

Snatern un snötern! Aver denn störmen Tine, Mine un Amanda mit all Kunsorten den Hänger. De Mannslüd steegen vörn in den Bus. Do kreeg de Fahrer von jedereen männich vergrellt Wort to hören. Aver de leet sik dat nich ankamen. „Fardig ? – Allns binnen? – Dat geiht los!" De Busfahrer drück den ersten Gang rin un geev Gas. De Bus rull an.

Do, miteens, en grot Hallo! De Mannslüd fungen an to lachen, – un lachen, – un lachen. Aver Tine, Mine un Amanda mit all Kunsorten in den Hänger schimpen, bölken un krieschen. De Bus fahr af, – de Hänger bleev stahn. Den harr de Busfahrer stillwies afkoppelt.

Jümmer noch juchen un lachen de Mannslüd. Triumpheern wunken se ehr Fruunslüd to, bet de Bus achter de nächst Strateneck verswunnen weer.

Sö güng de Revolutschon von de Fruunslüd in Raisdörp to Enn. Saustern un schimpen kunn do nix an ännern. Se weern afmeiert, de Fruunslüd.

De Mannslüd aver, de fahren heel vergnögt dörch dat Holsteener Land. Se harrn in all de Jahren noch nie so 'n vergnögte Dagfahrt hat, as jüst an düsse Dag.

Un dat Naspill von de Revolutschon? Wat hebbt de Fruunslüd mit ehr Mannslüd anstellt, as de lat an 'n Abend bihuus keemen? – Do vertellt de Krönk nix von.

Aver, – so dücht mi dat–, hüt warrt Tine, Mine un Amanda mit all Kunsorten doch 'n beten lachen, wenn se düsse Geschicht to hören kriegt!

Familie Lünk

De Vader kümmt na Huus. Een Stunnstiet hett he noch Tiet bet to de Abendköst. De hört sien Jungs. Do warrt vertellt, oder speelt, oder he lest ehr wat vör.

,,Du Vader", seggt de Öllst, ,,les uns noch mal de Geschicht vör von de Lünken."

,,Ja, Vader, to", kakelt de anner. Beide schuvt ehrn Stohl na Vader sienen Sessel ran.

,,Och, Jungs, ji meent de Geschicht, 'L u p s' von Manfred Kyber. Aver ik heff dat Bok garnich to Hand."

,,Schadt nix, Vader. Vertell dat so."

,,Aver op Plattdütsch, Vader. Denn is de Geschicht noch veel schöner."

,,Von mi ut. Denn hört to bi de Geschicht von de Familie Lünk."

Un de Vader vertellt sien beiden Jungs:

Herr Lups, dat weer en richtige Lünk. Sien Fruu, de heet Fruu Lups. Wat den Namen angeiht, do richt sik de Fruunslüd na ehrn Mann. Dat weer in de Vörjahrstiet un de Fruu seet op de Eier. Herr Lups harr ehr Foder ranslept. Nu seet he op den Nestrand un plier fuul in de Sünn.

‚De Minschen seggt jümmer, dat wi Lünken frech un driest sünd', meen Fruu Lups bi sik. ‚Aver do sünd blots de Mannslüd mit meent. – Ik kann dat eentlich bi mienen Mann nich finnen. He is noch keen perfekte Ehelünk, – aver he makt sik.'

Herr Lups, den würd dat langwielig blots so dartositten.

‚Lat mi ok mal de Eier bröden', sä he.

‚Ne', anter Fruu Lups. Nich ut Eegensinn, ja nich, blots ut pädagogische Grünnen.

‚Piep', mak Herr Lups un weer verargert. 'Dat sünd ok miene Eier!'

‚Ne', anter Fruu Lups, – wegen den pädagogischen Standpunkt.

Herr Lups slog opgeregt mit de Flünken. ‚Ik heff dat Recht to. Dat sünd ok miene Eier! Ik bün de Vader!'

‚Fichel nich so mit de Flünken', geev Fruu Lups em trüch, ‚Dat schickt sik nich, – al lang nich in dat eegen Nest. Un överhaupt, dien Weeswarken, dat makt mi nervös! Ji Mannslüd mütt jümmer glieks mit de Flünken slaan. Dat wenn di af. Nimm di en Bispeel an mi. Ik bün jümmer ruhig. – Gewiß, dat sünd ok dien Eier. Aver dat sünd mehr miene Eier as diene Eier. Dat heff ik al jümmer seggt. Un dar denk an: – du büst verheiradt!'

‚Do denk ik all Tiet an', sä Herr Lups. ‚Aver du hest dat vördem anners seggt. Du büst – unlogisch!'

‚Störr mi nich mit dien Logik', jiep Fruu Lups. ‚Wi sünd nich logisch, – wi sünd verheiradt!'

‚Sooo?' frag Herr Lups so 'n beten frech un klapp arogant mit den Snavel.

‚Meenst du vellich niiich????'

Herr Lups heel fix op mit den Snavel to klappen. De Tonfall von sien Fruu, de wahrschuu em. ‚Ja, ja, mien Beste', sä he un drück sik lütt an de Nestkant.

‚He makt sik al', dach Fruu Lups. ‚He gifft sik Möh. Dat kann noch wat warrn mit em.'

En Tietlang weer Herr Lups still un he langwiel sik.

‚Ik gah nu in den Klub', säh he denn un putz de Flünken.

Dat weer de Fruu nich to pass. ‚Du kunnst di ok mal op de Eier setten', sä se spietsch. ‚Ik sitt dar al stünnenlang op. Meenst du, dat is 'n Vergnögen? Warrt een spattlahm bi. Un överhaupt, dat sünd ok diene Eier!'

Herr Lups meen, nu müss de Sünn utgahn. Aver de Sünn schien wieder un quäl sik nich üm den Lünkenlarm. Do bölk de Lünkenmann heel opsternatsch: ‚Mi steiht de Snavel still! Vördem wull ik op de Eier sitten, do weern dat diene Eier. Nu will ik in den Klub gahn, do sünd dat miene Eier. Wokeen sien Eier sünd dat nu?'

‚Bölk nich so!' Geruhig kemen Fruu Lups ehr Wörd. ‚Mit Snötern un Schimpen lat ik mi nich kamen, al garnich von mien eegen Mann. Klar, dat sünd diene Eier. Dat heff ik al jümmer seggt.'

Vader Lups würd dat swiemelig in 'n Kopp. ‚Nu, – nu hest du de Wahrheit verdreiht!'

‚Fruunslüd dreiht nie de Wahrheit üm! Dat schusst du bi mi al lehrt hebben.' Fruu Lups rutsch von de Eier dal un nück em to.

‚Ja, ja, mien leeve Fruu', stöhn Herr Lups un spreed sien Flünken över de Eier, de nich siene Eier un doch siene Eier weern.

‚Mannslüd nehmt so wenig Rücksicht', kommenteer Fruu Lups sien Doon. Un he kunn ut ehr Stimm ruthören, wat se em vörtosmieten harr. ‚Du hest all dien Leven lang to wenig de weeke Hand von uns Fruunslüd to spören kregen.'

‚Och doch!' Herr Lups weer beet un plier na de lütten Krallen von sien Fruu.

Fruu Lups hanteer bi dat Nest rüm un luster an de Eier.

‚Een piept al in dat Ei', röp se glücklich.

‚Denn warrt dat en Deern!' Gnittscheevsch keem Lups mit sien Wörd vörtüg.

Scharp keek Fruu Lups em an. ‚Gewiß! Dat warrt en Deern. De Intelligenz rögt sik toerst!'

Vader Lups arger sik dull un bröd de Eier. Patzig keem he sien Fruu: ‚Dat erste, wat rutkümmt, dat warrt doch 'n Männchen!'

Fruu Lups bleev heel ruhig. ‚Dat, wat toerst piept, dat kümmt ok toerst rut. Denn so is dat ok en Weibchen! – Övrigens, nu lat mi op de Eier sitten. Dat warrt kritisch. Do verstaht wi Fruunslüd uns beter op. Un överhaupt: – dat sünd miene Eier!'

‚Ja, ja, leeve Fruu', gnaster dat över Lünkenmann sienen Snavel.

Na korte Tiet keem dat erst von de Lünkenkinner ut dat Ei rut.

Dat weer en Lünkenjung.

‚Sühst du', prahl Fruu Lups, ‚ik heff dat glieks seggt: dat erste warrt en Männchen!'

So dull as nu harr Lünkenvader Lups noch ni den Snavel opreten. Noch wieder, dat güng nich na de Anatomie. Aver keen Pieps kreeg he rut. He weer baff. Do klapp he den Snavel to, – endgültig.

‚Nu is he perfekt! Dat warrt en glückliche Ehe warrn mit uns twee!' So dacht Fruu Lups un help de annern Lütten vörsichtig ut de Eierschellen rut.

‚Nu mußt du in den Klub gahn, leev Männeken'. So fleut de Fruu recht wat söt. ‚Du mußt di 'n beten aflenken. Ik heff di doch al 'n paarmal üm beden. – Wenn du trüchkümmst, bringst du mi 'n beten Foder mit. – Man nich??'

‚Ja, ja, mien leeve Fruu' stamer Herr Lups, un he mak dat

he weg keem. –

In den Lünkenklub höl Lups en grote Red.

‚Wi sünd de Mannslüd! Doon is 'n Ding! Do kümmt dat alleen op an!' –

Fruu Lups warm de Lütten in dat Nest. Liesen piep se vör sik dal: ‚Ji all schüllt sienen Namen hebben. All wart ji Lups heten.' – –

De Huusfruu weer wildess mit de Pann vull Bradkantüffeln rinkamen. Se harr de letzten Wörd von de Geschicht noch mitkregen. Se lach liesen un sä:

„Ja, wenn 't üm den Namen geiht, denn richt sik de Fruunslüd na ehrn Mann."

De Breef an de Wiehnachtsmann

De een kennt den annern nich. Liekers hett dat Kinnjees mit ehr wat vör.

De ole Fruu geiht de Strat hendal. Se süht den olen Mann nich, de bi de Villa in 'n Hoffbrook in den Vörgarn de Rosen trüchsnitt.

De ole Mann is heel un deel bi sien Arbeit, hett keen Oog för de Fruu, de op Strat vörbigeiht.

Lütt Herko, de Jung von söben Jahr – de öllere Fruu hett em bi de Hand –, de süht allns.

„Grotmoder", seggt de Jung, „is dat de Wiehnachtsmann, dar in den Garn?"

Nu warrt de Fruu em wies, den olen Mann mit sien lange witte Bart, siene Fellmütz un den griesen Mantel. Se smustergrient. „Ja, kann wesen, mien Jung." Un se denkt, got drapen, de Vergliek. „Nu kam man, mien Jung."

„Grotmoder! Jüst so süht de Wiehnachtsmann ut in mien Billerbok. – Bringt he mi wat to Wiehnachten?"

„Dat töv man af, mien Jung." De ole Fruu geiht wieder, is mit ehr Gedanken al bi den Koopmann, wo se gern vör wenig Geld got inköpen will.

„Grotmoder, schall ik fix mal henloopen un den Wiehnachtsmann mien Wünschen seggen?"

„Ne, mien Jung, lat man. Wenn de ole Mann wahrhaftig de Wiehnachtsmann is, denn kennt he ok so dien Wünschen." Un stillwies deelt de ole Fruu dat smalle Geld al in von ehr lütte Rente. Dat reckt jümmer blots för dat wat nödig deit.

De ole Mann weer nich wies worrn, dat de lütte Jung mit sien Hart vull Freud op Wiehnachten em för den Wiehnachtsmann hollen harr. He snitt de Rosen trüch, nich toveel, dat de Frost ehr nahstens nich wehdoon kann. Sien Gedanken sünd afstäd. Mit den Swiegersöhn kümmt he nich klar. Un he wahnt bi em in 't Huus. De Herr Fabrikant is em to dull na baben rut. De mag dat nich hebben, wenn de Ol mit sien plusterige Fellmütz, grote Fuusthannschen un den afscharen Mantel in den Garn wuracht. Wat schüllt de Lüd denken? Hett Ol-Vader doch nich nödig. Garnarbeit künnt anner Lüd doon gegen Bargeld. Op so 'n beten Geld kümmt dat doch nich an.

De ole Mann lett sik keen Vörschriften maken von den Swiegersöhn. He steiht fast in sien Art. De Dochder kann de beiden ok nich helpen. Se richt sik na ehrn Mann un will den Vader nich wehdon.

Wildeß geiht de ole Fruu mit den Enkelsöhn wedder na Huus. De Jung hett dat mit Wiehnachten. In acht Daag is dat sowiet.

,,Grotmoder, fiert Vader un Moder ok Wiehnachten bi den leeven Gott?"

,,Ja, mien Jung."

,,Hebbt se ok 'n Dannenboom in 'n Heben?"

,,Hebbt se woll."

,,Grotmoder, worüm hett de Leeve Gott mien Vader un Moder so fröh al to sik ropen?"

Ja: worüm? Siet Jahr un Dag fragt de ole Fruu na dat ,Worüm'. Worüm müssen jüst de beiden den Unfall hebben mit dat Auto?

Lütt Herko weet do nix von af. Dat is al 'n Reeg von Jahren her. Oma gifft den Jungen, wat se kann. Bi ehr in de lütt Mansardenwahnung waßt de Jung in 't Leben rin. Un he lehrt bi sien Oma de Welt von güstern kennen.

De Jung hett glieks sien Billerbok vör de Näs. ,,Grotmoder! Kiek, dat weer doch de Wiehnachtsmann! Ik loop noch fix mal hen!"

,,Ne, mien Jung, bliev hier. Mak dienen Wunschzeddel för den Wiehnachtsmann. Den leggst du hütt Abend in dienen Schoh."

De Jung hett sien Wünschen al lang to Papier bröcht. Bokstav an Bokstav hett he malt, pück un fien, mit sien lütt Kinnerhand. Un do meent he, he will em den Wiehnachtsmann man sülven bringen. Heemlich wutscht he ut de Dör un sust de Straten lang. Bi de Villa steiht he vör dat iesern Gitter. Keen Wiehnachtsmann is dar. Benaut is lütt Herko. Aver denn warrt he den groten Breefkasten gewahr bi de Garnpoort. Wenn de Wiehnachtsmann jüst hier sien Quarteer hett, denn warrt he den Wunschzeddel ok dar binnen finnen. Swups is de Zeddel in den Kasten.

De Herr Direktor blädert siene Post dörch. Em fallt de Wunschzeddel von den Jungen in de Hand. Do mutt he sik argern. Nu hollt frömde Lüd ehr Kinner den Swiegervader al för den wahrhaftigen Wiehnachtsmann! Scheneerlich is em dat. Hebbt doch blots de Kledaschen Schuld an un de veel to lange Bart. He röppt sien Fruu un fangt mit ehr Lamento an. Ol-Vader kümmt överto. Keen Wort seggt he to den Swiegersöhn sien Klagen.

„Dar, du Wiehnachtsmann!" röppt de Fabrikant. „Den Wunschzeddel kannst du di inrahmen. – Un so wat in mien Huus. Rücksicht op mien gesellschaftliche Stellung kennst du ja nich!"

De ole Mann seggt keen Wort. ‚Twee Welten' denkt he. Achterna sitt he in sien Stuv un lest den Zeddel. Nochmal un nochmal lest he em. De Wör von Kinnerhand rögt em an. Een lütt Auto wünscht sik de Jung to speelen. All dat anner wünscht he nich för sik sülven. För sien Oma wünscht he sik en warme Mantel. Se hett blots een för den Sommer. Un Vader un Moder schall de Wiehnachtsmann gröten von em, wenn he wedder na den Heben ropkümmt. Un ünnern op den Wunschzeddel hett de lütt Kinnerhand noch henmalt, he harr sik jümmer Möh geven, en gode Jung to wesen.

De Ol spört den Jung sien Leev för de Grotmoder un för Vader un Moder, de so fröh al von em gungen. He mutt em got wesen, den Jung. Lengen na Leev un na en beten Verstahn föhrt nu den olen Mann. Mit sien Dochder besnackt he allns, as de Swiegersöhn in de Fabrik is.

„Ik kann alleen keenen Mantel köpen för de Oma von den Jung. Kam du man mit, mien Dochder."

Den Gefallen deit de Fruu ehrn Vader gern. Se sülven hett keen Kinner. Do blifft dat nich bi den Mantel. Düt un dat kümmt to un männich Speeltüch för den Jung.

An 'n Hilligabend kladdert de Chaufför von den Fabrikanten de veer Treppen hoch un gifft de Paketen in de Mansardenwahnung af. Keen Verklaren, glieks is he wedder weg.

So 'n schöne Wiehnachten hebbt Grotmoder un dat Kind siet Jahren nich hat. Un dat Radels löst sik op, as de Jung bi all dat Speeltüch den Glückwunsch findt von den Wiehnachtsmann ut den Hoffbrook.

An 'n ersten Wiehnachtsdag, op den halven Vörmiddag, gaht Grotmoder un de Enkelsöhn na den Hoffbrook. Se bedankt sik bi den Wiehnachtsmann, de eentlich garkeen richtige Wiehnachtsmann is, so een ut dat Billerbok.

De Fruu von den Fabrikanten findt Gefallen an de gode Art von de öllere Fruu. Un se spört bi dat Vertellen, wo got de 'n beten Handgeld bruken kann to ehr Rente. De beiden Fruuns warrt sik eenig. Tokummst schall de öllere de junge Fruu stunnenwies helpen in dat grote Huus. Un Opa, de hett sien helle Freud an den krekeln Jung. Do seggt he: „Lütt-Herko bringen se denn man mit. Ik will mit em Billerböker bekieken un mi fein wat mit em vertellen."

Jüst dat freut de Fruu, de sülven keen Kinner hett.

In 't niege Jahr högt sik all, wenn se bienanner sünd. De junge Fruu stüert örnlich wat to för den Jung. All in de Villa wüllt für sorgen, dat de Jung tokummst na de Scholtiet en gode Lehrstell hebben schall, wo he düchtig wat lehren kann. – Ok de Fabrikant is heel un deel mit inverstahn, wat sien Fruu un ehr Vader sik annahmen hebbt. Wohltätigkeit is got för Image – kann he bruken as grote Mann in de Weertschopp.

Lütt Wortverklaren

ansleegsch – anstellig, erfinderisch
anschünnen – anlasten
antern – antworten
bedripst – betroffen, betrübt
benaut – betroffen, bedrückt
birsen – umherrennen
bramstig – aufgeregt
brummbastig – verdrießlich, brummig
bütt, he – er bietet
Dagfahrt – Tagung oder Ausflug
drammen – drängen
eendoont – einerlei
figelinsch – gerissen
föddern – fordern
glei – glatt
glei un glatt – auffallend glatt
gramm – böse, gram
fram – brav, friedlich
Ked – Kette
Leeden – Glieder
Lidd – Glied
körtens – kürzlich
meden – mieten
opsternatsch – aufsässig
Pagelun – Pfau
Palten – Fetzen
plötern – plappern
Raasch – Zorn
Rietmeß – Ziehklinge, Reißmesser
ramenteeren – rumoren, spektakeln
Sadel – Sattel
schafudern – schelten, fluchen
scheeten – schießen
schesen – eilig gehen, jagen
Sleef – Taugenichts
Spleten – Splitter
stamern – stottern
strakeln – streicheln

stüttig – stetig, beständig
Tinn – Zinn
Topleger – Handlanger
tucksen – ruckweise zerren
Undögt – Unfug
wies warrn – gewahr werden

Wat in düt Bok steiht